*je*

# Bourcier

# LA FORTUNE

# DES GENS

# DE QUALITÉ,

## ET DES

## GENTILS-HOMMES

## PARTICULIERS.

Enseignant l'Art de vivre à la Cour, suivant les Maximes de la Politique & de la Morale.

Par Monsieur DE CAILLIERE, Mareschal de Bataille des Armées du Roy, &c.

*✻✻✻*

## A PARIS,

Chez CLAUDE AUDINET, ruë des Amandiers à la Verité Royale, devant le College des Graffins.

M. DC. LXXX.
AVEC PRIVILEGE DV ROY.

# TABLE DES CHAPITRES

Contenus en ce Livre.

## PREMIERE PARTIE.

ã ij

ã iiij

## SECONDE PARTIE.

folie des hommes, & que
la probité fait nostre fortune reellement. 335


Fin de la Table.

# LA
# FORTUNE
## DES GENS
## DE QUALITE'.
### PREMIERE PARTIE.

---

*Que noſtre bonne & mauvaiſe for-*
*tune dépend de noſtre conduite.*

 L me ſemble que
l'Antiquité ne fut
jamais moins raiſon-
nable dans le culte
de ſes Dieux, que lors qu'elle
dreſſa des Autels à la Fortune.

A

Que pouvoit-elle esperer d'une Divinité qui ne voyoit point ses Sacrifices, qui n'entendoit point ses Prieres, & qui ne faisoit rien que par hazard ? Les plus sages l'ont toûjours appellée injuste & legere ; & luy ostant le choix & le discernement, ont confessé que nous avions aussi peu de raison de nous plaindre de ses outrages, que de nous loüer de ses bienfaits. Cependant elle a eu plus de Temples que les autres Dieux ; & comme son Empire s'étend sur toutes les choses du monde, la plus grande part des hommes ont esté ses adorateurs. Il est vray que ce petit nombre de sages de la Secte Stoïcienne ne l'a jamais cohnuë que comme une capricieuse qui ne regnoit par-

my nous que pour éprouver les
forces de la Philofophie. Toutes les regles de la Morale ont
efté faites pour s'en deffendre,
& pour apprendre aux hom-
mes qu'elle peut bien renverfer les plus puiffans Eftats du
monde , fans troubler l'ame
d'un Philofophe. Brutus toutefois qui fuivoit cette Secte,
reconnut fon pouvoir en mou-
rant , & publia que la vertu
qu'il avoit tant aimée , eftoit
impuiffante contre elle; il ne fe
prit qu'à fon injuftice des mal-
heureux fuccés de fes grands
deffeins , & ne pouvant rien
imputer à fa valeur, qui avoit
ofé delivrer Rome de fon Tyran, il l'accufa feule d'en avoir
étably un autre pour luy fuc-
ceder. Ces grands exemples
étonnent tout le monde , parce

qu'ils paroiſſent extraordinaires, mais ils ſont plus dignes
de la conſideration des grands
Princes que de la noſtre : nous
faiſons une ſi petite partie de
l'Eſtat où nous vivons , qu'on
nous eſtimeroit ridicules de
nous en embarraſſer l'eſprit.
Nous y ſommes comme dans
un Batteau , dont le mouvement nous emporte comme il
luy plaiſt, & toutefois nous ne
laiſſons pas d'en avoir un qui
nous eſt particulier ; je veux
dire qu'un chacun a ſes deſſeins & ſa conduite, & que ceux
que cette Fortune n'a pas con-
damnez à vivre dans leurs maiſons pour étouffer le luſtre de
leurs bonnes qualitez, ne doivent pas deſeſperer de leurs
affaires, pourveu qu'ils connoiſſent la nature de cette fa-

buleuſe Deeſſe, à qui l'on attribuë ce pouvoir ſi tyranni-
que ſur les choſes generales &
particulieres. Pour moy, qui la
conſidere comme dépoüillée
de toute Divinité, j'eſtime
qu'elle l'eſt auſſi de tout pouvoir; & quoy que cette propoſition ſemble extraordinaire, je n'auray pas grand peine
à prouver qu'elle eſt conforme
à la raiſon,

Pour l'entendre, il faut ſçavoir, qu'entre les cauſes effi-
cientes, les unes ſont détermi-
nées qui agiſſent neceſſairement, les autres indetermi-
nées & accidentelles, qui peuvent agir & n'agir pas, & qui
ne produiſent leurs effets que
par la vertu de quelqu'autre.
Les premieres ont eſté appel-
lées neceſſaires, & les dernie-

res fortuites ou casuelles. De
là sont venuës dans l'imagination des hommes ces deux
grandes Divinitez, dont l'une
avoit pouvoir sur les Dieux
mesmes, & l'autre sur toutes
les choses du monde, c'est à
dire le Destin & la Fortune :
De sorte que je puis dire que
la Fortune n'est autre chose
qu'une rencontre d'accidens
qui se fait contre nostre espe-
rance, & contre la prevoyance
de nostre jugement. Or si c'est
une cause seconde, il faut qu'-
elle dépende d'une premiere,
& cette premiere estant abso-
luëment determinée, je conclus
qu'il n'y a rien au monde de
fortuit ny de casuel, puis qu'il
ne se fait rien qui ne dépende
d'une cause necessaire & determinée. Sur ce fondement

accufons noftre foibleffe , qui
ne pouvant comprendre la
caufe des evenemens , les appelle fortuits & cafuels. C'eſt
par là que les plus grands Eſprits ont voulu excufer leur
imprudence , que les grands
Capitaines fe font confolez de
la perte d'une bataille , & que
les Hiftoriographes décrivans
les avantages des lieux qu'ils
avoient choifis , le bel ordre de
leur Armée , leurs retranche-
mens, leur corps de referve, &
toutes les autres circonftances
qui marquent l'experience d'un
homme de guerre , aprés avoir
parlé de leurs grands exploits
avec étonnement , accufent
enfin leur mauvaife for-
tune des funeftes fuccés que
toute la prudence humaine
n'auroit fceu éviter. Difons

plutoſt que nos connoiſſances
ſont bornées, que nous voyons
bien foiblement dans l'obſcu-
rité des choſes futures, que
noſtre prudence a certains termes qu'elle ne ſçauroit jamais
paſſer, & que comme elle a ſes
foibleſſes naturelles, les choſes du monde ont leurs ordinaires revolutions. Ce n'eſt pas
qu'en détruiſant les évenemens fortuits, je pretende les
rendre tellement neceſſaires,
qu'il faille bannir la prudence
du commerce des hommes : ce
ſeroit conclure avec abſur-
dité, ſi je diſois qu'il faut attendre ſans aucun ſoin tout ce
qui nous doit arriver ; au contraire j'eſtime que nous ſommes artiſans de noſtre propre
fortune, & que ſouvent noſtre
bonne & mauvaiſe conduite

eſt la ſource de noſtre bien,
ou de noſtre mal, ſans en chercher de cauſe plus éloignée :
Je dis meſme que les Eſprits
les plus éclairez qui ſemblent
connoiſtre les choſes juſques
dans leurs racines, ne voyent
pas toûjours proſperer leurs
affaires, parce qu'elles dépendent de pluſieurs cauſes differentes, qu'il eſt impoſſible à la
force de noſtre jugement de
pouvoir penetrer. Et en effet,
puis que nous ne connoiſſons
rien que par l'entremiſe de nos
ſens, & qu'ils nous trompent à
toute heure, quel jugement
pouvons-nous faire de ce qui
nous doit arriver ? & quelles
conſequences juſtes tirerons-
nous ſur des principes toûjours
incertains ? Les Pyrrhoniens
en avoient ſi mauvaiſe opi-

nion, qu'ils enseignoient que
le sens humain estoit incapable
de toute connoissance ; que nos
yeux n'estoient pas asseurez
de ce qu'ils voyoient , ny nos
oreilles de ce qu'elles enten-
doient , & que nostre discours
de raison qui n'est formé que
sur les images que les objets
presentent à nos sens , n'estoit
qu'erreur & illusion. Il ne faut
pas donc s'étonner si les évenemens nous trompent , puis
que nous n'en avons point
connu les causes ny les principes : mais aussi pouvons-nous
dire raisonnablement , qu'encore que nos sens nous déçoi-
vent quelquefois , l'experience
nous apprend qu'ils ne le font
pas toûjours , & que les Esprits
élevez au dessus des autres , se
trouvant heureusement aidez

d'une excellente difpofition des organes, & d'un jufte temperament dans toutes les parties du corps qu'ils animent, ont des lumieres plus éclatantes, & des connoiffances plus diftinctes que celles des autres hommes, & par confequent fe trompent beaucoup moins dans leurs raifonnemens, & ne font pas fi fujets à ces accidens inopinez que les Anciens ont appellé Fortune.

Ce fut à mon avis ce qui fit dire au Poëte, que ceux-là font heureux qui connoiffent les caufes des chofes ; & en effet connoiftre les caufes, c'eft fçavoir leurs natures, leurs principes, & leurs mouvemens, d'où dépendent les évenemens qui peuvent établir noftre bien ou noftre mal.

J'avoüe avec luy que cette felicité feroit incomparable, mais elle n'eft qu'en idée, & doit eftre plutoft l'objet de nos defirs que de nos efperances. Auffi n'ay-je pas deffein de peindre un homme incapable d'erreur, je fçay qu'il n'en fut jamais, & fi j'avois cette imagination, je tomberois moy-mefme dans le défaut dont je voudrois garentir les autres; il me fuffira d'en reprefenter un moins foible qu'à l'ordinaire, qui par fa propre experience nous puiffe donner quelques preceptes pour établir le bonheur de noftre vie, fans nous rendre abfolument dépendans du caprice de cette Fortune, à qui les Sages ne veulent rien devoir.

*Que les Gens de qualité doivent cher-
cher leur fortune à la Cour.*

CHacun court apres l'hon-
neur & le bien, ce font les
deux grandes rouës qui font
mouvoir tout le monde , ce
font les deux fources de nos
inquietudes, ce font les deux
feux folets qui nous égarent fi
fouvent dans nos entreprifes.
Nous nous propofons cet honneur & ce bien, comme la fin
& le terme de nos efperances ;
nous nous engageons dans leur
pourfuite avec toute l'ardeur
dont nous fommes capables ;
& nous ne prenons pas garde
que les moyens d'arriver à nô-
tre fin , font pleins de peines &
d'incertitudes , qu'ils font les
maiftres de tous les momens de
noftre vie , & que nous l'avons

paſſée avec chagrin , quand
nous commençons à joüir du
fruit de nos travaux. Il y a
deux cauſes de ce deſordre;
l'une eſt, que nous entreprenons trop; l'autre , que nous
entreprenons mal.

Le premier défaut regarde
certains Eſprits à qui la préſomption oſte le jugement, qui
ſe ſont formez une fauſſe idée
de leurs propres merites , &
qui comme des Ixions n'em-
braſſent jamais que des nuës.
J'eſtime que cette ſorte de
gens ſeroit plus propre à la
ſuite du grand Arty des petites
Maiſons, qu'à la Cour de nos
Roys : Auſſi n'ay-je pas deſſein
ny de les reprendre , ny de les
redreſſer ; je n'en veux qu'à
ceux qui n'ont point de deſſeins au deſſus de leurs forces,

& qui se trompent plutost dans le choix des moyens qui les peuvent conduire, que de la fin qui les doit arrester.

Jamais question ne fut si souvent debatuë que celle du souverain bien. Les Stoïciens n'en connoissent point d'autre que la tranquillité de l'ame ; mais il semble qu'il seroit impossible de l'y trouver, à moins que de luy oster l'usage des passions. Les Epicuriens que tout le monde pille, & qu'on n'entend pas assez, le mettoient dans la volupté. Pour moy je trouve cette opinion si conforme à la nature de l'ame & du corps, qu'il est malaisé de la rejetter quand elle est bien entenduë ; je dis mesme qu'elle n'a rien qui choque les principes de la Religion ; car qui

peut nier qu'un homme auffi
devot que les plus grandsSaints
l'ont efté, n'ait un extréme
plaifir de penfer à Dieu, lors
que l'ardeur de fon zele le dé-
tache des chofes du monde?
& qui eft-ce qui ne fçait pas
que les plus aufteres Anacho-
retes ont trouvé plus de rofes
que d'épines dans leurs de-
ferts? Il eft certain que noftre
bien & noftre mal dépend de
noftre opinion, & qu'à noftre
égard les chofes font telles que
nous voulons qu'elles foient.
Un homme né pour les Lettres,
aime fes Livres & fon Cabinet;
un Chaffeur veut eftre à la
campagne ; un Homme de
guerre fait confifter fes plaifirs à commander fes Troupes,
& un Marchand à joüir de la
paix & du repos. L'excés du

vin eſt un ſuplice à un homme
ſobre, & un ſouverain plaiſir à
un yvrogne. Je pourrois faire
une induction infinie pour
prouver cette opinion, mais
il me ſuffit de dire avec le Philoſophe, que le bien & le plaiſir
ſont l'objet de noſtre felicité.
Ce que je dis eſt purement naturel à l'ame, & j'avouë toutefois que l'incertitude de nos
ſens luy fait ſouvent faire de
mauvais choix. La prodigalité
de Marc-Antoine me ſemble
auſſi injuſte que la frugalité du
vieux Caton déraiſonnable, &
je trouve Crœſus auſſi malha-
bile homme dans la poſſeſſion
de ſes treſors, que Diogenes
ridicule dans ſon tonneau. Le
bien eſt neceſſaire à la vie, &
comme tel nous le pouvons
rechercher ſans excés; au con-

traire la pauvreté eſt la mere
des incommoditez, l'ennemie
des actions genereuſes que la
liberalité produit, & comme
telle nous la pouvons éviter.
Je parle de cette pauvreté
honteuſe, qui nous oſte les
moyens de nous produire,
nous abaiſſe le cœur, étouffe
nos bonnes qualitez dans la
preſſe de la canaille, & détruiſant en nous les avantages de
la Nature, nous empeſche de
nous élever à la vertu : Je ſçay
bien qu'il eſt une pauvreté vo-
lontaire & Evangelique, qui
ayant Dieu pour objet, ne peut
compâtir qu'avec les choſes
Divines ; mais encore ces ames
parfaites que nous admirons
hors du monde, & qui ne poſ-
ſedent rien en particulier, ne
ſe défendent-elles pas de joüir

du revenu de leurs maiſons en
communauté. Leurs Temples
& leurs Baſtimens ne cedent
rien à la beauté des Palais de
nos Princes , & lors qu'ils re-
noncent à la proprieté des choſes , ils s'en reſervent l'uſu-
fruit. Dieu nous a donné la
vie , mais comme la Nature en
eſt la ſeconde cauſe, elle y attache des incommditez que
nous ſommes obligez de ſur-
monter pour noſtre conſerva-
tion ; ſon imperfection s'eſt
communiquée à noſtre eſtre ;
la faim & la ſoif ſont deux maladies mortelles , nous les gue-
riſſons avec plaiſir par les ali-
mens qui en ſont les remedes;
le froid eſt ennemy de noſtre
chaleur naturelle , nos habits
nous en défendent , & nos maiſons nous mettent à couvert

des injures du temps. On me
dira que les Sauvages vivent
auſſi long-temps que nous, &
peut-eſtre plus heureuſement,
ſans s'embarraſſer de tant de
choſes, dont l'acquiſition nous
donne de la peine, & qui nous
ſont auſſi peu neceſſaires qu'à
eux; je l'avouë, & ne les blâme
point. Si j'eſtois Sauvage comme eux, je trouverois qu'ils
auroient encore plus de raiſon;
mais ce ſeroit eſtre incenſé, de
vivre en Sauvage avec des
gens qui ne le ſont pas. Je me
trouverois moy-meſme fort
extravagant, ſi je marchois nud
avec ceux qui vont habillez,
& perſonne aujourd'huy n'eſtimeroit Diogenes Philoſophe,
s'il en uſoit comme il faiſoit
autrefois en plein marché.
Nous n'avons pas fait les Loix

ny les Couſtumes , auſſi n'a-
vons-nous pas droit de les re-
former : Chacun en particulier
a ſon ſens & ſa conduite , &
chaque Nation a auſſi ſes uſages qui luy ſont propres ; c'eſt
à nous à ſuivre ceux de noſtre
païs , & il eſt plus raiſonnable
de nous accommoder à plu-
ſieurs , que ſi pluſieurs s'ac-
commodoient à nous. Il n'eſt
pas défendu aux Sages d'avoir
des opinions differentes de celles du vulgaire , pourveu qu'ils
ne ſe diſpenſent point de ſuivre les Couſtumes generales.
Un Ancien diſoit qu'il ſe preſ-
toit au public , & ſe donnoit à
ſoy-meſme. Les Sauvages ont
l'uſage de la raiſon comme
nous , auſſi peuvent-ils avoir
leur Politique particuliere, & je
ne m'étonne pas qu'elle leur

perſuade que leur genre de vie
eſt heureux , puis qu'ils n'en
connoiſſent point d'autres. La
pauvreté leur plaiſt, & à nous
les richeſſes ; leur bonheur eſt
de s'en paſſer , le noſtre eſt de
nous en ſervir , & peut-eſtre
avons-nous également raiſon.
Pour moy je me laiſſe emporter au ſentiment general du
vulgaire , qui eſtime heureux
ceux qui naiſſent avec du bien,
& qui tirent leur origine d'une
Maiſon de qualité : pour peu
qu'ils ayent de diſpoſition à
devenir honneſtes gens , ils
trouvent toûjours des guides
pour les acheminer ; leur nom
leur fait ouvrir le Cabinet des
Roys , leur vertu ſe produit
toute ſeule ; ils font avec facilité, ce qu'un pauvre Gentil-
homme ne ſçauroit faire qu'a-

vec une extréme peine ; &
quand mefme ils manqueroient
d'efprit , leur naiffance fait
qu'on les refpecte , & leurs ri-
cheffes qu'on les fuit. Ce font
des Veaux d'or que le vulgaire
adore ; s'ils ne font pas nez
pour la vertu , au moins font-
ils en eftat de faire du bien à
ceux qui la poffedent , & ne la
pouvant avoir en eux-mefmes,
il dépend d'eux de la prendre à
leur fuite. On voit rarement
à la Cour un Homme de qualité qui a du merite & du bien,
privé des grands honneurs &
des grands emplois. La Fortune , toute malicieufe qu'elle
eft , ne s'oppofe guere à fon
avancement , quand il a dequoy plaire aux Puiffances
Souveraines. Je fçay bien qu'il
faut de grandes qualitez pour

cela, mais je ne prétens pas icy
de former un honneste homme,
je suppose qu'il l'est déja, & qu'il
n'a besoin que de conduite
pour arriver à sa fin ; je veux
seulement montrer que le bien
& la qualité servent infiniment
à nous rendre vertueux, & à
nous faire acquerir les honneurs de la portée d'un Gentil-
homme : Si l'on m'objecte que
des richesses peuvent nuire, je
répons, que si l'on prend la
chose du bon biais, la corru-
ption vient de nous, & non pas
d'elles, elles sont bonnes d'elles mesmes, & rien ne nous
corrompt que le mauvais usage
que nous en faisons. Le Panegyrique de la pauvreté qu'on
trouve en tant de lieux dans les
Escrits des anciens Philoso-
phes, est un paradoxe plus
propre

propre à exercer la vivacité de
leur efprit, qu'à nous perfuader
ce qu'ils entreprennent. Platon
& Ariftote ont philofophé fort
à leur aife ; ils eſtoient des plus
confiderables Hommes de la
Grece, & pour leur naiffance,
& pour leurs emplois. Seneque
en dit des merveilles au milieu
d'une extrême abondance ; &
quoy qu'il nous exagere fouvent la moderation de fon efprit, il ne mourut pas fans fou-
pçon de s'eſtre voulu élever
jufqu'au Trône de fon Maiſtre
& de fon Bien-facteur. Sans
doute un Gentil-homme né
riche & de bonne Maifon, n'a
pas droit de fe plaindre de la
Fortune ; s'il demeure dans fon
Village, elle n'eſt pas obligée
de l'y aller chercher ; il faut
qu'il fe produife à la Cour de

B

nos Roys ; c'est là qu'il peut
esperer de s'élever au dessus
des autres, pourveu qu'il con-
noisse deux choses ; la premiere
est l'inclination & l'humeur de
son Maistre, & la seconde est
la sienne propre, & la disposition de son naturel.

---

## *Deux voyes qui conduisent à la Fortune.*

IL y a deux voyes qui me-
nent à la Fortune, l'une est
de suivre la Guerre, & l'autre
de s'attacher à la Personne du
Prince. Il est certain que les
services qu'un Gentil-homme
rend à la guerre, meritent infiniment au delà des autres ;
mais les Roys sont des hommes
comme nous, ils agissent suivant les mouvemens de nostre
nature, & nous voyons tous les

jours qu'ils donnent plutoſt
leurs faveurs & leurs careſſes
à des gens qui leur plaiſent,
qu'à ceux qui les ſervent utilement. Nous en avons veu s'é-
lever à la dignité de Conneſta-
ble, pour avoir dreſſé des Pies
à voler des Moyneaux ; d'autres devenir Ducs & Pairs au
ſortir de Page ; & dans un
temps plus éloigné, ceux qui
ménageoient adroitement la
conqueſte d'un Pucelage, ſe
faiſoient ſouvent grands Seigneurs. J'ay dit qu'un Gentil-
homme qui veut s'élever dans
la Cour, doit connoiſtre la diſpoſition de ſon naturel, parce
qu'il eſt impoſſible qu'il donne
du plaiſir à ſon Maiſtre, s'il
n'en prend luy-meſme à ce
qu'il fait Celuy qui n'aime
point la Chaſſe, ſeroit ridicule

B ij

de chercher son avancement
dans la Venerie, ou dans la
Fauconnerie. Nous faisons de
mauvaise grace tout ce que
nous n'aimons point, d'autant
que nostre ame ne s'applique
jamais qu'aux objets qui luy
plaisent, & nous ne devons pas
penser de nous rendre agreables quand nous faisons les
choses sans inclination. Il n'y
a ny étude, ny discours de raison qui puisse corriger ce defaut, nous ne sommes pas maî-
tres de ces mouvemens que la
Nature nous inspire ; & quelque peine que nous prenions à
les surmonter, nostre chagrin
s'échape quelquefois, & trouble toute nostre complaisance.
Je puis dire de la Guerre, ce que
j'ay dit de la Chasse, il faut se
sentir du cœur pour mépriser

les perils, de la force pour re-
sister aux fatigues de l'Armée,
& de l'ambition pour aspirer
aux grands emplois ; sans cela
l'on ne doit rien attendre de ce
pénible exercice. Cette voye
est sans doute la plus honorable, car outre le bien qu'on y
acquiert, on a encore le plaisir
de voir ses vertus suivies d'une
reputation avantageuse, &
d'une gloire qui ne meurt jamais dans la memoire des hommes : Mais aussi faut-il demeurer d'accord, qu'elle est pleine
d'un nombre infiny de difficultez, & que parmy ceux qui as-
pirent à la qualité de Mareschal de France, beaucoup demeurent en chemin. Ce seroit
peu de chose, s'il ne s'y rencon-
troit point d'autres obstacles
que les hazards. Un homme

n'eft pas à plaindre quand il
meurt dans fa profeffion ; la
mefme fin qui borne fa vie, termine auffi fes deffeins, fes efperances , & fa fortune : J'y trouve deux chofes plus incommodes ; la premiere eft, que fon
avancement dépend des heureux fuccés de fes combats, que
toute la prudence humaine ne
fçauroit rendre certains ; l'autre , que fes fervices ont befoin
d'un Protecteur puiffant dans
le Cabinet, fans lequel rarement
on luy fait la juftice qu'il a meritée. Il eft vray que ces deux
difficultez font malaifées à fur-
monter , & qu'elles rendent le
chemin de la guerre qui conduit aux grands honneurs, fort
incertain ; car enfin les recom-
penfes font en la main du Souverain.  S'il aime la guerre , il

s'attribuë volontiers les heureux succés de ses armes qu'il
commande d'ordinaire en personne ; & s'il luy en arrive de
mauvais, les Officiers de son
Armée ont bien de la peine à
se sauver de sa colere, ou du
moins de sa médisance. Que
s'il est né pour les plaisirs plutost que pour les affaires, il ne
voit presque rien que par les
yeux de son Favory, qui luy
peint les actions d'un chacun
de la couleur qu'il luy plaist.
Comme il laisse à son Conseil
toute l'authorité, il faut absolument se rendre esclave de
ses Ministres. C'est en cela
qu'un Gentil-homme doit employer sa Politique ; & s'il travaille sur un autre fondement,
il a souvent pour toute récompense de ses belles actions, un

bras de fer, ou une jambe de
bois. Je parle icy de ceux qui
ont pour objet les grandes dignitez. Je sçay qu'il y en a beaucoup qui ne vont à la guerre
que pour acquerir de l'estime,
& faire voir qu'ils sont gens de
cœur, c'est une necessité qui
semble jointe à la qualité d'un
Gentil-homme; & sans mentir,
il luy seroit honteux de n'avoir
fait aucun exercice des armes,
puis qu'elles sont sa veritable
profession. Je dy de plus qu'il
doit faire quelque beau coup
de sa main pour établir sa reputation. Ce n'est pas assez
de n'avoir jamais fait de lascheté. Le monde croit nous
obliger beaucoup, quand il
parle bien des vertus que nous
avons fait paroistre, sans faire
des Almanachs à nostre avan-

tage. Ceux-là n'ont besoin
que de bien faire ; & comme ils
regardent leurs Maisons pour
retraite, ils ne doivent pas se
tourmenter des Ministres, ny
de la Cour. Aussi n'est-il pas
necessaire qu'ils passent leur vie
dans cet exercice, il suffit qu'ils
y ayent planté la Foy ; &
n'ayant prétendu autre avantage que celuy qu'ils y ont acquis d'estre estimez gens de
cœur, ils ont raison d'en jouïr
dans leur famille, avec le plaisir
que leur apporte la societé de
leurs Amis, & l'occupation
d'une honneste œconomie.

*La voye la plus courte, est d'entrer
dans les plaisirs du Prince.*

L'Autre voye de s'avancer
auprés du Prince, est de
contribuer à ses divertissemens,

B v

celle cy est bien la plus douce
& la plus infaillible ; le secret
est de se rendre agreable,
d'avoir de la complaisance
& de l'assiduité, d'estre adroit
aux exercices qui sont sa passion, avec cette discretion
qu'il luy faut souvent faciliter
les voyes de remporter tout
l'avantage, & ne contester jamais rien opiniastrément avec
luy. Il est mesme de la prudence d'un Courtisan, de se
laisser quelquefois perdre au
jeu, pour mettre son Maistre
en belle humeur ; car enfin les
Princes sont tellement nez
pour commander, qu'ils ne
peuvent rien souffrir qui les
surmonte sans quelque espece
de chagrin. Ces observations
sont encore plus necessaires
dans la conversation. Elle doit

toûjours estre respectueuse,
& s'il y a lieu de contester, que
ce soit avec des termes qui pro-
posent nostre opinion, mais
non pas qui l'établissent. Les
plus belles choses perdent leur
lustre & leur éclat quand on
les dit mal à propos, & l'on ne
persuade que malaisément en
parlant avec trop d'empire. Il
n'y a point d'action si ordinaire
dans la vie, & pas-une ne merite tant nostre circonpec-
tion. Tout le monde est satis-
fait de son propre sens, & c'est
ce qui nous fait porter si im-
patiemment contre ceux qui
présument en avoir plus que
nous. En effet, il n'est rien de
si importun, que de prester les
oreilles à des gens qui ont tout
veu, qui sçavent tout, & qui
ont tout fait. Jamais un hon-

neste homme ne doit faire sa
propre histoire ; celuy qui ne
s'en peut empescher , passe
d'ordinaire pour ridicule & 
pour menteur. Si nous avons
fait de bonnes actions, ce n'est
pas à nous à les publier. On est
toûjours importun Orateur,
quand on fait son propre Panegyrique. Je ne conseilleray
pas de flatter le Prince , la fla-
terie a quelque chose de trop
bas pour un homme d'hon-
neur , mais j'approuve fort
qu'on luy die quelque chose
d'obligeant , & qu'on le loüe
de celle qu'il aime le mieux , &
qu'il pense bien sçavoir. En
cecy, l'air & l'action servent
infiniment à nous insinuer dans
ses bonnes graces. Le respect
que nous luy devons merite
bien que nous laissions nostre

mauvaise humeur à la maison.
Il y a je ne sçay quels esprits
dans les yeux, qui impriment
leurs qualitez à ceux qui nous
regardent. Si nous sommes chagrins, nous inspirons la me-
lancolie, & si nous sommes
gays, il semble que nous re-
joüissions ceux qui conver-
sent avec nous. Les Anciens
estoient si persuadez de la force
de ces raisons, qu'ils ne souf-
froient pas que les vieilles &
laides femmes approchassent
de leurs enfans. Et Bacon as-
sure qu'un Amant passionné
avance fort ses affaires, lors
qu'il peut fixement regarder
les yeux de sa Maistresse; parce,
dit-il, qu'il part des esprits en-
flâmez de ses yeux, qui estant
envoyez à d'autres yeux, leur
communiquent cet invisible

poison qui s'épand dans le sang
arterial , & se porte jusqu'au
cœur. Cecy se peut prouver
par un effet connu de tout le
monde. On a de la peine de
s'empescher de pleurer avec
ceux qui pleurent ; & l'on ne
sçauroit regarder fixement des
yeux rouges & chassieux, sans
en ressentir quelque douleur,
ou du moins quelque altera-
tion ; l'un & l'autre effet ne peut
estre causé que par l'émis-
sion des rayons. Et s'il est vray
que des yeux qui nous regardent avec colere, nous inspi-
rent de la haine, pourquoy ne
concluray je pas qu'ils peuvent inspirer de l'amour s'ils
nous regardent avec amour ?

Il est des hommes que la Nature a rendus aimables. Ceux-
là sont heureux, qui n'ont qu'à

la laisser agir avec liberté. Mais
si elle nous a fait chagrins, cor-
rigeons ses imperfections par
de bonnes habitudes. A force
de nous tenir en garde contre
les défauts qui nous dominent
nous les pouvons vaincre. Socrate demeura d'accord avec
celuy qui jugeoit de ses mœurs
par sa phisionomie, qu'il estoit né débauché, mais que
les regles de la Philosophie
l'avoient rendu vertueux. Sur
tout que le Courtisan essaye
de persuader à son Maistre,
qu'il aime mieux sa personne
que sa dignité. Curse dit de
deux grands Favoris, Crate-
rus & Ephestion, que l'un aimoit le Roy, & l'autre aimoit
Alexandre. L'amour qu'on a
pour nous est un panneau où
tout le monde se prend; &

mains d'un valet pour en avoir
foin, & depuis le fouffrit toûjours à fa Chambre au pied de
fon lit. Il fe faut toutefois
prendre garde de devenir importun à force de faire l'affectionné. Le fouverain poinct
de la prudence eft de bien
prendre fon temps. Mais fur
tout qu'un Gentil-homme qui
eft aux bonnes graces de fon
Maiftre, ne faffe jamais l'entendu, en témoignant fçavoir
les chofes que le Prince veut
tenir cachées. Il n'y a rien qui
excite fi-toft noftre haine &
noftre averfion. Perfonne ne
peut fouffrir qu'on foüille dans
fon fecret, fans fon confente-
ment. La confiance eft incompatible avec la contrainte,
d'autant que noftre ame eft
née libre, & comme elle n'a

que la seule disposition de sa
volonté qui soit réellement à
elle' indépendante de toute
puissance étrangere', elle est
jalouse de son secret, & ne veut
point estre forcée par l'indis-
cretion de ses Amis: Aussi
est-il de la bien-seance de ne
s'approcher point de ceux qui
lisent des Lettres, ou qui s'en-
tretiennent en particulier. Il
en prit mal à un Gentil-homme du Duc d'Anjou. Ce Duc
luy avoit declaré confidem-
ment le dessein que le Roy
Charles I X. faisoit d'exter-
miner les Huguenots au jour
Saint Barthelemy. Ce Gentil-
homme causant en particulier
avec le Roy, s'échappa de luy
parler de ce secret. Le Roy
fort surpris de se voir découvert, dissimula sa colere, &

penfant que la Reine fa Mere
dût avoir commis cette legereté, il luy reprocha fon in-
confideration, mais elle s'en
eftant excufée, & tous les deux
ayans conclu qu'elle venoit du
Duc d'Anjou, le Roy fit faire
une querelle d'Allemand à ce
Gentil-homme, qui fe trouva
tué à la Chaffe, eftimant qu'il
n'y avoit point d'autre voye
que celle-là pour affeurer un
fecret de fi grande importance
que le Duc avoit inconfidé-
rement revelé. J'ay connu un
homme pour qui le Cardinal
de Richelieu avoit pris de l'a-
mitié, & qu'il commençoit
d'employer à des chofes im-
portantes. Un jour le Cardinal rentrant de fon Parc dans
fa Chambre, fur la table de laquelle il avoit laiffé des pa-

piers, furprit ce jeune garçon
qui en lifoit quelqu'un. Le
Cardinal ne luy parla que des
yeux, & l'ayant fierement regardé, il les referra luy-mefme,
& deux jours aprés il fit commander à ce mal-avifé Courtifan de fe retirer en fa Maifon,
& depuis ne s'en voulut jamais
fervir.

---

*Qu'il eft dangereux de fe mefler des*
*amours de fon Maiftre.*

UN autre pas bien glif-
fant eft de fe mefler des
amourettes de fon Maiftre. La
confidence en eft quelquefois
bien dangereufe; quoy qu'elle
femble eftre une marque particuliere de fon eftime & de
fon amitié, il y a une certaine
mediocrité à tenir, qui a be-

foin d'une prudence & d'une circonfpection raffinée au dernier poinct. Il eſt bien mal-aiſé de ſatisfaire l'Amant & la Maiſtreſſe, & j'eſtime qu'il n'y a pas moins de danger d'eſtre bien avec elle, que d'y eſtre mal. Ses bonnes graces ne manquent guere à produire de la jalouſie, & cette paſſion eſt capable de porter l'eſprit le plus moderé dans des excés qui vont juſques à la vie de ſes plus chers amis. Il s'en fallût peu qu'un Prince de noſtre temps ne fit jetter un homme de condition par les feneſtres de ſon Palais. L'ordre qu'il en avoit donné aux ſiens auroit eſté executé, ſi un des Amis de cette mal-heureuſe victime n'euſt accouru le voyant entrer dans la Cour, pour l'em-

pefcher de monter à la Salle
où l'on l'attendoit. Ceux qui
ont experimenté cette paſſion,
ſçavent avec quelle tyrannie
elle regne dans le cœur d'un
Amant. C'eſt une fureur qui
ne ſouffre que la ſeule vengeance dans les eſprits qu'elle
tranſporte ; & comme elle eſt
incapable de conſeil & de raiſon, il la faut craindre , & é-
viter toutes les occaſions qui la
peuvent faire naiſtre. Que ſi le
Courtiſan manque de com-
plaiſance pour cette Maiſtreſſe, ou qu'elle ait par malheur
de l'averſion pour luy , elle luy
rendra de mauvais offices , qui
toſt ou tard luy enleveront
l'amitié que ſon Maiſtre luy
portoit. Ces deux mauvaiſes
rencontres ſe peuvent éviter
avec un peu de diſcretion : Sur

tout qu'il s'empesche de se
brûler à la chandelle, qu'il ait
pour elle de la déference & de
la civilité, qu'il paroisse affectionné à ses interests, sans
toutefois aucun veritable en-
gagement, qu'il ne luy parle
que de la passion & des bonnes
qualitez de son Amant, & s'il
arrive que le Prince l'en entre-
tienne, qu'il ne luy loûë sa Maistresse qu'avec bien de la retenuë, & avec des termes qui
flattent un peu son amour,
mais qui ne fassent point soup-
çonner qu'il en ait pour elle.
S'il ménage bien sa conduite
en cela comme en toute autre
chose, il se fait un beau chemin
dans les bonnes graces de son
Maistre, parce qu'il luy donne
des marques de son respect, de
son affection, & de sa suffisance,

qui l'obligent à luy ouvrir son cœur , & à le faire dépositaire de ses plus importans secrets. C'est pour lors qu'il peut tout esperer , & que le Prince s'estant ainsi engagé , ne se peut dispenser de luy donner les grands honneurs de sa Maison & de l'Estat.

Quand il aura atteint ce poinct , il pourra se dire heureux. La Cour a cela de propre , qu'elle ne se lasse point de faire du bien , quand elle a une fois commencé : Son premier bienfait attire le second , & enfin elle ne se contente pas de nous combler de biens , mais elle nous met en main le pouvoir d'en faire à nos Amis.

*Que*

## *Que la grande Fortune aveugle sou-*
## *vent le Favory.*

C'Eſt icy que le Courtiſan doit ramaſſer toutes les forces de ſon jugement. La grande proſperité a ſouvent démonté la cervelle de pluſieurs, qu'une fortune mediocre auroit rendus ſages. La joyè de ſe voir careſſé du Prince, & adoré de toute ſa Cour, empoiſonne d'ordinaire ſon ame d'une preſomption auſſi inſupportable aux autres, qu'elle eſt injuſte à ſon égard. Elle luy fait trouver de la douceur à devenir le Maiſtre de ceux qui eſtoient auparavant ſes égaux, & le rend ſemblable à l'Aſne de la Fable qui portoit la Deeſſe ſur ſon dos, & qui prenoit pour luy l'encens qu'on

C

brusloit devant elle. Mais il
doit considerer qu'il est assis
sur une pyramide, qu'il n'a
qu'un poinct qui le soûtient,
que tous ses amis qui remplis-
sent son antichambre, & ceux
mesmes qu'il reçoit dans son
Cabinet, sont de foibles appuis
à son établissement ; que ceux
qui le suivent avec tant d'em-
pressement pendant sa faveur,
sont tous prests à le quitter s'il
tombe en disgrace ; que cette
trouppe de Courtisans affa-
mez ne cherchent que leur interest particulier, & qu'estant
au dessus d'eux par sa faveur,
d'une extréme distance, il n'en
doit plus attendre une veritable
& sincere amitié, le propre de
laquelle est d'unir les choses
qui ont quelque rapport ou
quelque égalité. Son éleva-

tion reſſemble à ces grands ar-
bres, qui faiſant beaucoup d'-
ombre, empeſchent les jeunes
plantes de croiſtre ; elle donne
du dépit aux plus grands de l'E-
tat, & met ſes égaux au deſeſ-
poir. La faveur du Prince eſt l'u-
nique appuy de ſon bonheur.
Mais qui peut s'eſtimer ferme
ſur un fondement ſi incertain ?
Les Princes ſont hommes comme nous ; & s'en eſt-il jamais
trouvé un ſeul toûjours égal, &
toûjours voulant une meſme
choſe ? Il eſt impoſſible qu'il en
ſoit, à moins que d'arreſter les
mouvemens de la Nature ; elle
agit ſans ceſſe ſur les matieres
qui luy ſont ſujettes, & cette
action conclud neceſſairement
ſon inſtabilité. Les plaiſirs & les
ſouhaits des enfans n'ont point
de rapport à ceux de l'adoleſ-

cence; ceux des jeunes gens font
differens de l'âge de quarante
ans; & ces derniers ne peuvent
compatir avec ceux de la vieillesse. Il n'est point d'esprit si reglé qui ne change quelquefois
de conduite; & ceux qui prennent garde de prés à leur temperament, demeurent d'accord
qu'ils ne se trouvent pas de mefme humeur devant leur disner
qu'aprés le repas. Alexandre
aimoit cherement son favory
Clythus; il ne laissa pas de le
tuer de sa main, aprés avoir trop
beu. La plus grande fortune du
monde dépend d'un son & d'une
vapeur; il ne faut qu'une medi-
sance adroitement insinuée
dans l'esprit d'un Prince, pour
renverser ce grand bastiment
qu'il regarde comme l'ouvrage
de ses mains; il ne faut qu'une

vapeur envoyée des hypocon-
dres au cerveau, pour troubler
toutes les especes de son imagination, & luy faire haïr ce qu'il
avoit auparavant aimé. Ce que
je dis vient de cette cause generale de nostre nature, que le
Philosophe appelle le principe
de mouvement & de repos.
Nos plaisirs mesme ne sont plaisirs que parce qu'ils changent &
qu'ils succedent les uns aux autres. Chiron s'ennuya d'estre
le Dieu des Poëtes, à cause
qu'on luy sacrifioit toûjours
d'une mesme sorte; & Policra-
tes se plaignoit, de ce qu'il
estoit trop long-temps heureux.
Ceux qui sont sujets aux passions violentes ne demeurent
pas long-temps dans une mesme assiette, ils ont d'ordinaire
autant de facilité à haïr qu'à ai-

mer. Le temps efface de nostre
esprit les images que nos sens
luy avoient presentées pour
former nos raisonnemens & nos
passions, il n'est point d'affliction
qui ne guerisse, il n'est point de
haine qu'il n'efface, ny guere
d'amitié qu'une longue habitude ne rende à la fin importune.
Elle ressemble aux flambeaux,
la cire est cause que le feu s'y
attache, mais la mesme flâme
s'évanoüit aprés avoir consom-
mé sa matiere. La conversation
lie les amitiez, & la mesme aussi
les dissout. On se lasse les uns
des autres, & cét axiome est
vray en tous sujets, que la coustume oste la passion.

De cecy je tire une consequence que le Courtisan doit
regarder son assiette, comme
tres-incertaine de sa nature, &

mettre en ufage toutes les regles de la prudence pour s'y foûtenir. C'eft en cela que les Sages font moins fujets aux accidens qui portent le nom de
Fortune, parce qu'ayant penetré dans la caufe des chofes, ils
previennent leurs effets par la
conduite qu'ils y apportent.

---

### Exemple d'un Sage Favori.

A Mon avis les exemples
fervent beaucoup, quand
ils font joints aux maximes de
la raifon & de la politique. Le
Marefchal de Rhetz en peut
fervir, à qui fçaura comme il
ufa de fa fortune & des bonnés
graces du Roy fon Maiftre.
Ce fage Courtifan euft toûjours l'adreffe de plaire à tout
le monde ; apiés qu'il fe fut

rendu utile à foy-mefme , il
prit plaifir de l'eftre à fes amis;
mais lors qu'il demandoit quelque grace pour eux , il fupplioit
le Roy de la faire en perfonne,
afin que ceux qui la recevoient
la tenant de fa main immediate-
ment , fe fentiffent plus obligez
à la reconnoiftre par leurs fervices & par leur fidelité. Par
cette voye le Roy n'eftoit point
importuné de fes prieres;& cette foûmiffion luy eftoit d'autant plus agreable , qu'elle paroiffoit n'avoir pour objet que
le deffein d'acquerir des cœurs
à fa Majefté , fans y mefler fon
propre intereft. Cependant fes
amis ne luy en eftoient pas
moins obligez , & ne laiffoient
pas de le reconnoiftre comme
l'autheur des bien qu'ils a
voient receûs du Roy. Son ac-

cez eſtoit toûjours facile , ſon
humeur ſans chagrin , & ſon vi-
ſage ſans rebuffades ; & quand
la neceſſité des affaires , ou des
raiſons particulieres , l'obli-
geoient à refuſer quelque choſe , c'eſtoit avec des termes qui
adouciſſoient le déplaiſir des
mal-heureux. Jamais homme
n'a ſoûtenu ſon rang & ſa dignité avec moins d'orgueil , &
jamais complaiſance ne fut pareille à la ſienne. Auſſi n'avons-
nous point eu en France de Favory moins envié : Il eſt certain que la raiſon & l'experience ſont deux admirables flambeaux    pour    conduire    nos
actions , & qu'avec ces deux
grandes aides nous paſſons par
des précipices avec ſeureté.
Mais il faut pourtant avoüer
que noſtre temperament & la
C v

facilité de noftre humeur contribuë beaucoup à nous rendre
honneftes gens. Un homme naturellement colere , & orgueil-
leux , paroiftra doux & civil par
l'effort de fa raifon : Mais qu'il
eft malaifé d'eftre toûjours en
garde contre nous mefme , &
qu'il faut une longue habitude
pour foûmettre des paffions qui
font parties de noftre propre
fubftance ! Ce n'eft pas fans raifon que les anciens difoient fi
fouvent , que ceux-là eftoient
heureux qui eftoient bien nez.

Si j'avois ce choix , j'aimerois
mieux ce riche prefent de la
Nature , que toutes les recom-
penfes de la Philofophie. Un
beau naturel eft toûjours tranquille en foy-mefme , & toûjours agreable aux autres : Il
fait le bien fans effort , & refifte

au mal sans peine.

---

### *Methode de vivre avec ses Amis dans la Cour.*

JE sçay bien que ny la prudence dont nous avons parlé,
ny les avantages de la Nature,
ne peuvent promettre un bonheur continuel à un homme
de la Cour. Comme elle est
composée de plusieurs qui as-
pirent à mesme fortune, leur
étude principale est de profiter du malheur les uns des autres. Un Favory trouvera rarement un amy assez fidelle,
& assez affectionné pour ne
prendre pas sa place, s'il pensoit l'en pouvoir chasser. Le
Cabinet est toûjours plein
d'intrigues, la fourberie & l'infidelité y regnent comme dans

leur veritable empire ; auſſi un
homme ſage y écoute-t'il beaucoup & y parle peu : Il apprend
le ſecret des plus étourdis, pendant qu'il cache le ſien aux plus
aviſez. Il n'y a point de lieu où
la confidence ſoit ſi difficile à
choiſir , parce qu'elle eſt d'ordinaire ſuivie de quelque danger. Une bagatelle en la bouche d'un homme d'eſprit , peut
recevoir des déguiſemens ſi
adroits , qu'elle paſſera pour
quelque choſe de conſequence.
Le Sage ne fait voir que ſon de-
hors , & il eſt certain que jamais
perſonne n'a revelé un ſecret
important , qu'il ne s'en ſoit re-
penty : & s'il ne luy en eſt point
arrivé de mal, au moins en a-t'il
eu de l'inquietude.

Je trouve la réponſe d'un Italien aſſez plaiſante , qui avoit

fait une médifance contre le
Pape Sixte. Sa Sainteté fort
offenfée de cét Efcrit , promit
une fomme confiderable à qui
en découvriroit l'Autheur.
Quelques jours s'eftans écoulez
fans en apprendre aucune nouvelle , on trouva au pied de
Pafquiglio , ce peu de mots.
*No'l fapray Sanctiffimo Padre*
*quando lo feci era folo.* Palinge-
nius dit que ces efprits fi confidens font d'ordinaire foibles &
legers , & qu'on doit confiderer
fon amy prefent comme fon
ennemy futur. Pour moy je
n'approuve pas cette feverité ,
l'amitié demande quelque chofe de plus libre. Et pour trouver un temperament à cette
opinion , j'eftime que nous ne
devons point dire à nos amis
les chofes qui nous nuiroient

si elles estoient sœurs, & qu'elles feroient aucun dommage à leurs affaires quand bien ils les auroient ignorées ; en user autrement, c'est à mon avis une marque d'imprudence, plutost qu'un témoignage d'amitié. Nous ne prenons pas garde que nous satisfaisons nostre legereté naturelle bien plus que nostre amy, & il suffit qu'en faisant pour luy tout ce que nous pensons luy pouvoir estre utile, nous courions fortune d'estre payez de sa méconnoissance, sans nous exposer encore à son infidelité. S'il est exempt de ces vices qui sont à craindre, nostre retenuë ne diminuë pas nostre amitié ; & s'il s'abandonne un jour à cette infamie, nostre conduite nous oste tout sujet de l'aprehender.

Cette façon de vivre me semble d'autant plus raisonnable, qu'elle asseure nos interests, sans offencer ceux de nos amis. La prudence n'est pas contraire à la franchise, elle ne l'est qu'à la legereté. Nous pouvons nous consoler avec eux des desordres qui nous sont arrivez, prendre leurs conseils sur nos entreprises, nous réjoüir avec eux des biens & des honneurs que nous avons acquis, nous interesser dans leurs affaires, leur donner nostre complaisance & nos bonnes humeurs, les assister de nos soins & de nostre bien, les visiter, manger avec eux, leur confier nostre bourse, nos papiers, les titres de nostre maison, & mesme exposer nostre vie pour leur service. Ce sont

des marques de franchise qu'il
ne leur faut pas dénier, puis que
nous les avons jugez dignes de
noftre amitié ; quelques-unes
font de bienfeance, & les autres
leur peuvent eftre utiles, ou à
nous ; mais noftre fecret doit
demeurer dans noftre tefte , &
n'en fort jamais qu'avec imprudence , puis qu'il ne les touche
point.

La veritable amitié a des fondemens bien plus nobles & def-
intereffez ; pour eftre parfaite
elle s'appuye fur la feule generofité. Je dois aimer mon amy
purement , parce qu'il eft aimable ; fans penfer qu'il me tirera
de prifon , fi je fuis captif ; mais
s'il eft affez mal-heureux pour
avoir des fers , je croiray eftre
obligé de les rompre. Je ne le
regarde pas comme celuy qui

me preftera de l'agent pour payer mes debtes, mais comme un homme à qui je donneray la difpofition de toute ma fortune. Si je prens le contrepié, c'eft moy mefme que j'aime, & non pas mon amy. Ariftote dit que l'amitié qui s'accommode au temps & à nos affaires, fe doit appeller un commerce. C'eft ainfi que le vulgaire aime fes amis ; toutes fes penfées ne reflechiffent que fur luy-mefme, & comme il ne connoift point la vertu, il n'en a aucun ufage ; il n'y a qu'un feul intereft dans l'amitié qui puiffe compatir avec la generofité, c'eft de fouhaitter que noftre amy nous aime pour recompenfe des bons fentimens que nous avons pour luy.

*Methode de se conduire avec ses Ennemis & ses Envieux.*

IL n'eſt pas malaiſé de bien vivre avec ceux qi nous aiment ; la Nature en cela nous conduit auſſi bien que la Prudence, mais il n'en va pas ainſi avec nos envieux, & avec nos ennemis. Pour faire deſeſperer les premiers, le meilleur moyen eſt de leur oppoſer une grande probité, ne leur montrer jamais d'orgueil, & meſme leur procurer quelquefois des graces. Les biens-faits changent ſouvent les cœurs. L'émulation peut entrer dans l'ame d'un homme d'honneur ſans étouffer en elle les ſemences de la vertu, & il n'y a que cette difference entre elle &

l'envie, que l'émulation eſt un
deſir ardent d'eſtre autant que
les autres en merite, & en fortune, qui s'arreſte en noſtre ſeul
intereſt ; & l'envie a cette cir-
conſtance particuliere, que ce
deſir produit en nous de la douleur du bien d'autruy, qui nous
porte à le diminuer autant qu'il
nous eſt poſſible. Ce vice eſt
un ombre qui ſuit preſque toûjours la vertu, il ſouhaitte d'ordinaire plus de mal qu'il n'en
fait, & celuy qui en eſt atteint
en eſt le plus maltraitté : c'eſt
un mauvais Hoſte qui met le
feu dans ſon logis, & qui enfin
ſe détruit ſoy-méſme, quand
il ne peut rien ſur autruy.

Les autres ennemis ſont bien
plus à craindre: Il y en a de deux
ſortes, de découverts & de cachez.

Les premiers se doivent repousser avec generosité ; il ne
leur est pas plus permis de nous
attaquer, qu'à nous de nous défendre. Les Conseils qui nous
portent à souffrir, ne nous ont
pas lié les mains pour nous laisser outrager ; la Nature nous
enseigne de défendre nostre vie,
& la raison de conserver nostre
honneur. Je trouve la maxime
de Cesar digne de sa generosité;
ne point offenser & ne point
souffrir. Un homme de cœur
n'a pas besoin de preceptes là-
dessus, il n'a qu'à consulter son
ressentiment pour faire son devoir ; s'il aime son honneur, il
ne souffrira jamais qu'on le blesse impunémét. C'est un endroit
extremement sensible parmy
les Gens de Qualité; quand on
le laisse une fois entamer, il est

tres-malaisé à raccommoder ;
il ne faut qu'une foiblesse pour
le perdre, & cent bonnes actions
à peine le peuvent rétablir : sans
doute il n'est rien de si miserable qu'un Courtisan qui a fait
une lascheté. S'il s'en trouvoit
quelqu'un assez mal-heureux,
je luy conseillerois de cacher sa
poltronnerie sous un froc &
dans un Convent. La valeur
est une vertu tellement necessaire à un Gentil-homme, que
sans elle il ne se peut vanter
d'aucune bonne qualité ; le
moyen de s'en servir utilement,
est de n'user jamais d'artifice
dans ses démelez, de faire en
sorte que sa conscience ne luy
reproche point d'avoir apprehendé d'en venir aux mains, de
n'estre guere delicat sur le
choix des armes, se mettre à la

teſte que ce n'eſt pas aſſez de
paroiſtre brave, & qu'il le faut
eſtre en effet. Il n'y a point de
plus équitables Juges que nous-
meſme de nos penſées ; ſi nous
ſommes bien perſuadez de noſtre valeur, nos ennemis s'en
apperçoivent bien-toſt. La
bravoure eſt un feu, & la fan-
faronnerie n'en eſt que la fumée ; l'une plaiſt toûjours aux
gens d'honneur, & l'autre eſt
deſagreable à tout le monde.
Sur tout qu'il n'entreprenne
rien ſans juſte ſujet. La Juſtice
a cela de propre, qu'elle met
infailliblement les gens de bien
de ſon coſté ; & ſi elle ne peut
toûjours donner de bons ſuccez, au moins ne refuſe-t'elle
point l'eſtime qu'on a meritée.

J'ay dit qu'il ne doit offenſer
perſonne, mais qu'il ſe prenne

garde auffi d'avoir à courre;
il faut toûjours mettre fon ennemy du cofté du vent fi le
démélé nous oblige à nous
battre ; nous avons déja la fatis-
faction d'avoir repouffé l'of-
fenfe qu'on nous a faite, c'eft
joüer fur la bourfe d'autruy;
& fi l'affaire s'accommode fans
combat, noftre ennemy n'a pas
dequoy fe rire de fon procedé.
Pour moy j'aimerois mieux demander cent pardons pour
avoir donné un foufflet, que de
voir mon ennemy à mes pieds,
fi je l'avois receu. Il eft bien
plus doux de proferer des excu-
fes, que de fouffrir des coups,
& en cette matiere l'agent eft
toûjours preferable au patient.

## Comme on doit vivre avec les enne-
mis cachez.

CE que j'ay dit des ennemis
découverts , tombe assez
sous le sens commun , pour n'a-
voir pas besoin d'étendre ce
discours : Mais pour repousser
les ennemis cachez , le Courtisan doit tout mettre en usage.
C'est en cela qu'il employra les
regles de sa plus subtile Politique , & qu'il n'oublira rien
dans son cabinet. Comme ils
ont une maniere differente d'attaquer , il leur en faut opposer
une toute extraordinaire , pour
se défendre , leurs armes sont
l'artifice & la lâcheté. Ce sont
des Serpens cachez sous des
fleurs. Le secret est de les découvrir pour les éviter , mais ils
sont d'autant plus à craindre ,
qu'ils

qu'ils font plus difficiles à connoiſtre. Les Italiens diſent
que, *Non e fiero nemico chi non ſa*
*fingere l'amico.* Le conte du Sa-
tyre eſt aſſez bien inventé, qui
ſe retira de la ſocieté des hommes, parce qu'il s'apperceut que
de leurs bouches ſortoit le froid
& le chaud. Sans mentir ils
ſont bien difficiles à connoiſtre :
Il n'y a rien de ſi ſemblable à
un bon amy qu'un flatteur offi-
cieux, l'un & l'autre ſe ſervent
des meſmes voyes pour acquerir nos bonnes graces, & ne
ſont differens que dans leur in-
tention ; l'un & l'autre nous
font des complimens, nous of-
frent leurs ſervices, & nous aſ-
ſeurent de leur fidelité. On ne
les connoiſt qu'à l'épreuve,
comme le bon or d'avec le mauvais ; mais c'eſt s'en apper-

D

cevoir bien tard , que d'attendre qu'un méchant fe foit dé-
claré contre nous par une laf-
che action. Noftre prudence
le doit prevenir en le décou-
vrant ; la meilleure voye eft
d'examiner la conduite de ceux
qui nous approchent & qui
cherchent noftre amitié : s'ils
ont l'eftime des gens de bien ,
ils ne font pas fort à craindre;
mais s'ils ont vefcu comme des
libertins, & que leur avarice ,
ou leur ambition fe foit fait
remarquer , il s'en faut donner
de garde. Il eft bon de leur
rendre compliment pour compliment , & par une adroite &
ingenieufe diffimulation les
attirer dans le piege qu'ils
nous avoient tendu. Les Italiens veulent que fi noftre ennemy eft dans l'eau jufques à

la ceinture, nous aidions à l'en
retirer, auffi-bien en fortiroit-il
fans nous ; mais s'il en a jufqu'au menton , ils confeillent
de luy pefer fur la tefte, pour
achever de le noyer. Il eft bien
malaifé d'eftre toûjours maf-
qué, la heine de nos ennemis
exhale fans ceffe quelque fumée pour legere qu'elle foit.
Si nous avons l'ame tranquille,
nous voyons plus clair que
celuy qui eft troublé de paffion, & il nous fera plus aifé
de le découvrir qu'à luy de fe
cacher. Macchiavel dit que
ce qui fait avorter les grands
deffeins, eft qu'il fe trouve
peu d'hommes tout à fait
bons, ny tout à fait méchans.
Le propre de noftre nature
n'eft pas d'aller aux extre-
mitez fans paffer par les

D ij

moyens. L'incertitude de noftre jugement, nous fait toûjours
flotter entre l'efpoir & la crainte ; nous deliberons beaucoup,
& n'executons guere. La haine
& l'intereft infpirent fouvent
aux méchans des envies de mal
faire, qui ne vont pas jufqu'à
l'execution ; les tours qu'ils
prennent fervent à les découvrir & à nous en parer. Palin-
genius défend de les menacer
quand ils font connus, il con-
feille de diffimuler & fe taire ,
mais de ne laiffer jamais échapper l'occafion de les ruiner
quand elle fe prefente.

  Je fçay bien que ces confeils
ne font pas trop Chrétiens ,
auffi eft-il bien mal-aifé d'accorder la Religion avec les
Maximes du monde & de la
Cour. C'eft à mon avis la

raifon pour laquelle Jefus-
Chrift commande à ceux qui
afpirent à la perfection de tout
quitter pour l'amour de luy,
& de ne fe charger que de fa
propre croix pour le fuivre ;
car en verité pour tout efperer
en l'autre monde, nous ne fçaurions pas pretendre grande
chofe en celuy-cy. Je ne m'é-
tonne pas fi les Saints font toûjours affligez , puis qu'ils tiennent pour maxime de ne fe défendre point des outrages qu'on
leur fait ; comme ils ne preten-
dent rien aux biens du monde,
ils ne fe mettent pas en peine
de les conferver , & leur plus
ardente paffion eftant d'en fortir , ils beniffent la main qui
accourcit leur chemin. J'admire leur vertu , & voudrois
bien la pouvoir imiter. Ce

n'eſt pas pour eux que j'écris,
je ne parle que d'une conduite
purement humaine & morale,
qui nous fait éviter les cheutes
ordinaires, ou l'imprudence
nous precipite. J'eſtimerois
trop heureuſe la condition des
gens de bien, s'il n'y avôit qu'à
oppoſer la vertu au vice pour
le détruire; mais le pouvoir &
les forces de la vertu, ne s'étendent pas juſques à nos ennemis.
Noſtre probité ne les rend pas
moins méchans, & nos bonnes
actions ne les font pas plus juſtes envers nous. Leur haine &
leur malice ſont des obſtacles
qu'il faut neceſſairement détruire, ou renoncer à toute fortune & à tout établiſſement.
Noſtre Religion ne veut pas
que nous les haïſſions; auſſi ne
nous expoſe-t'elle pas à leur

fureur : s'ils nous font du mal
ils pechent ; & fi nous les re-
pouffons fans haine & fans ai-
greur, nous faifons une action
de juftice. On me dira qu'on
ne peut eftre juge & partie dans
fes propres interefts ; je l'avouë,
mais non pas toûjours ; il eft
de mauvaifes actions qui ne font
pas foûmifes à la rigueur des
loix. Celles de nos enne-
mis cachez font de ce nombre, & je les tiens d'autant
plus dangereufes, qu'elles font
plus couvertes, & leurs effets
plus à craindre parce qu'ils
font moins connus. Cepen-
dant à qui demanderons-nous
juftice ? & quelle accufation
formerons-nous contre des crimes veritables que nous ne
fçaurions prouver ? Mon ennemy femera de faux bruits.

contre moy, il furprendra l'efprit de mon Maiftre par fes artifices, il détruira toute l'eftime qu'il a pour moy, il ne me
verra que pour m'épier, il bai-
fera ma main qu'il veut coup-
per, & ne m'ambraffera que
pour m'étouffer plus feure-
ment. Sa mauvaife volonté eft
couverte d'un voile qui la dé-
robe à la connoiffance de tout
le monde; mais fi comme le
plus interreffé je m'en apperçoy
à la fin, & qu'aprés cela je demeure immobile comme une
fouche fans m'en defendre, paf-
feray-je pas pour un fat, & pour
un miferable? La caufe finale
de nos actions eft celle qui les
détermine, c'eft à dire qui les
rend bonne ou mauvaife, &
nous l'eftimons d'autant plus
puniffable, qu'elle produit de

dangereux effets. Comme fi
mon ennemy me voloit ma
bourfe, ou me chaffoit de ma
Maifon, tout le monde demeu-
reroit d'accord qu'il meriteroit
d'eftre chaftié, & qu'il me devroit defintereffer de ma perte :
Et fi dans la Cour par fes me-
nées, il m'enleve l'amitié du
Prince que je fers, il m'ofte tous
les avantages que fa faveur m'a-
voit acquis, & qui me font plus
confiderables que ma bourfe,
ny que ma maifon : S'il m'attaque mefme à ma reputation,
pouffé par le feul caprice de fa
mauvaife humeur, ne me fera-
t'il point permis de me faire la
juftice que je ne puis demander
à perfonne ? Ma Religion me
défend d'haïr mon prochain,
mais elle me permet d'aimer
mes propres interefts, & je ne

es puis conferver qu'en repouf-
fant ceux qui les attaquent. Je
puis donc conclure que je me
dois deffendre, & que je puis
eftre Juge en ma propre caufe.
Ce que je dois comme Chré-
tien, eft de ne point agir par
principe de haine, & ne luy
procurer jamais de mal, s'il me
refte quelque voye pour éviter
celuy qu'il m'avoit preparé.
L'Ecriture Sainte ne blâme
point Mardochée d'avoir veu
attacher Aman au mefme Gi-
bet qu'Aman avoit fait dreffer
pour luy. Nous devons aimer
noftre prochain, mais cét a-
mour ne nous eft pas ordonné
pour nous détruire ; nous fommes nous-mefmes noftre premier prochain ; & la loy qui
nous deffend de fortir de la vie
par l'effort de nos propres

mains, nous ordonne de la fau-
ver de la violence de nos ennemis. Ces raifons bien examinées, on ne blâmera pas ces
maximes qui d'abord femblent
un peu licentieufes, & qui tirent leur force & leur juftice
de la neceffité qui les a fait
naiftre. Si nos ennemis couverts avoient droit de tout faire
avec impunité, les plus méchans fe cacheroient fous des
habits Religieux, pour exercer
leurs injuftices ; mais fi leurs
méchancetez reveillent noftre
prudence, & fi elle fe trouve
plus éclairée que leurs artifices
ne font adroits, qui nous blâmera de les avoir fait fuccom-
ber ?

D vj

*Qu'il faut avoir des amis inconnus,*
*& le moyen de se donner de gar-*
*de des petits Collets.*

LE principal effort que doit
faire l'adresse du Courtisan, est de se rendre maistre de
l'oreille du Prince, & qu'en son
absence il ait de fideles amis
qui luy rendent compte de ce
qui s'est dit contre ses interests.
Comme il est dangereux d'a-
voir des ennemis cachez, il est
tres-utile d'avoir des amis inconnus & couverts. On aura
moins de retenuë en parlant
devant eux, ils tireront facile-
ment le secret des autres par la
liberté qu'ils prendront de parler du Favory, ils verront la
pente & les inclinations d'un
chacun, & par là le Favory tirera des consequences assez

juftes de ce qu'il doit faire, ou éviter. Cette forte d'amis se trouve rarement parmy ceux qui tiennent grand rang dans la Cour, & à dire vray ils reffemblent affez à d'honneftés efpions. Il les rencontrera plutoft parmy des particuliers qui ont plus d'efprit que de fortune, il doit ouvrir fa bourfe à cette forte de gens ; & l'experience nous a appris, qu'il n'eft point d'argent plus utilement employé quand on fçait bien choifir à qui le donner. Noftre Siecle a veu un grand Miniftre, admirable en tout, tres-exact obfervateur de cette maxime, qui luy a toûjours bien fuccedé. Les deffeins d'importance reffemblent aux mines qui deviennent fans effet quand elles font éventées.

Que si le Courtifan juge que
la cabale & les artifices de fes
ennemis foient trop difficiles
à fouftenir, & qu'il fe défie de
fa propre adreffe, je ne defa-
prouve pas qu'il leur arrache
le mafque de deffus le vifage,
& qu'il fe declare ouverte-
ment leur ennemy. Par là il
détruit, ou du moins il diminuë la croyance que le Prince
pouvoit donner à leur impof-
ture; il ne les écoute plus que
comme des gens intereffez,
qui ont pluftoft la vengeance
dans le cœur, que la verité dans
la bouche: de plus il leur fait
voir qu'il ne les craint point,
en prenant la liberté de les dé-
crier dans la Cour, & de faire
connoiftre leur malice à tout
le monde, en juftifiant fon innocence dans l'efprit de fon

maiſtre. Ce moyen eſt toûjours utile quand on s'en ſert
avec jugement ; & pour moy
j'aimerois mieux le ſuivre, &
eſſuyer les hazards qui en pou-
roient arriver, que de m'em-
baraſſer l'eſprit de tant de cir-
conſpections, dont la pratique
ne peut eſtre qu'ennuyeuſe à
un homme de cœur ; car enfin
j'eſtime qu'il eſt plus glorieux
de faire la guerre en Lyon qu'en
Renard. Mais je trouve un
Courtiſan bien empeſché
quand il peut compter des
Preſtres & des Femmes entre
ſes ennemis couverts, pour lors
ce dernier remede eſt inutile,
& la bravoure eſt à contre-
temps. En verité ce ſont des
mouches, qui pour eſtre foibles ne laiſſent pas d'im-
portuner beaucoup. Les Ca-

binets des Princes en font tout
pleins, & je tiens un homme
bien fage & bien fenfé quand il
les peut mettre de fon cofté ; il
faut pour cela de la complaifance & de la douceur, & quelquefois de la liberalité. Si la
Cour eft devote, qu'il fe prenne
garde des petits Colets ; la foibleffe de ces gens-là, n'eft pas
moins à craindre que la malice
des autres. Ce font d'ordinaire des efprits chymeriques
qui penfent avoir droit de
juger tout le monde quand ils
ont dit deux fois leur Chap-
pelet, & qui s'imaginans fe rendre agreables à Dieu en refor-
mant les mœurs, décrient les
plus honneftes gens fur le premier rapport qu'un Cagot leur
a fait. Cecy n'a pas befoin de
preuve, il y a peu d'hommes qui

n'en ayent quelque experience ;
la meilleure précaution eſt
d'eſtre retenu dans ſes diſcours,
n'avoir point une probité
feinte & affcctée, ſe perſuader
fortement qu'il eſt plus utile
d'eſtre réellement homme de
bien, que de n'en avoir que les
apparences. Des déguiſemens
peuvent ſervir quelquefois à
nous tirer d'un mauvais pas ;
mais en verité c'eſt une grande
ſottiſe de baſtir noſtre conduite
ſur de ſi mauvais fondemens.
Le menſonge eſt toûjours foible de ſoy, & il n'y a point d'a-
dreſſe qui le puiſſe long-temps
ſouſtenir. Habillez un Singe
comme un Preſidant, il fera
toûjours des ſingeries ; toſt où
tard nous paroiſſons ce que
nous ſommes. Un homme de
ſens trouve tant de raiſons qui

l'obligent à embraſſer la vertu,
qu'il n'a point de peine à s'y
reſoudre ; que ce ne ſeroit
pas par l'intereſt de ſa conduite
& de ſon ſalut, il le feroit par la
conſideration de ſon eſtime &
de ſa fortune. Perſonne ne
prend plaiſir de paſſer pour
méchant. Les plus Scelerats
ne peuvent ſouffrir qu'on leur
reproche leurs crimes ; & quoy
qu'ils les commettent avec peu
de remords, ils ſe deſeſperent
quand ils ſont découverts : la
raiſon eſt, que nous aimons
naturellement la gloire, &
qu'elle eſt auſſi eſſentielle à noſtre ame que le mouvement ;
ce qui fait que nous ne la perdons jamais ſans un extréme
déplaiſir. Auſſi voyons-nous
que le mépris ne nous irrite
pas moins que les offenſes: de

là je conclus qu'il est plus seur
& plus aisé de l'acquerir par
nostre vertu, que par nos dé-
guisemens. Celle-là produit
d'elle-mesme & sans effort les
effets que nous desirons, &
ceux-cy sont toûjours pleins
d'inquietudes & de hazards.
La probité a cela de propre,
qu'elle nous laisse joüir d'une
tranquillité d'esprit, qui nous
met à couvert des craintes où
les méchans sont toûjours ex-
posez. Un homme qui a les
sentimens qu'il doit avoir de
nostre Religion, n'aprehende
point de passer pour impie;
son esprit ne se trouve point
embarassé de cette multitude
d'argumens insupportables,qui
ne servent qu'à démonter la
cervelle des plus entendus
Pour dissiper toutes ces ob-

jeƈions, il n'a qu'à ſe ſouvenir
que ſa raiſon eſt une aveugle
qui ne ſe connoiſt pas elle-meſ-
me, & que c'eſt une ridicule qui
n'eſt propre qu'à ſe former des
chimeres pour troubler ſon repos. Sans mentir je trouve que
la foy n'eſt pas moins utile à la
tranquillité de noſtre ame, que
neceſſaire à ſon ſalut ; quand
nous en ſommes bien perſuadez, elle nous tire de beaucoup
d'embarras, nous n'avons qu'à
la ſuivre pour devenir heureux ;
& comme elle nous aſſeure des
récompenſes de l'autre vie, 
elle nous montre le chemin
pour les meriter. A le bien
prendre, la devotion n'a rien de
contraire à la gentilleſſe d'un
Courtiſan, elle ſe doit pratiquer avec jugement comme les
autres choſes. Ce qui eſt pro-

pre à un Capucin, ne fiéroit pas
à un homme de la Cour ; noftre
pieté doit eftre réelle & veritable, & c'eft en cela que con-
fifte fa plus grande perfection.
Quand nous ne l'ajoûtons pas à
noftre profeffion, elle peut devenir indifcrette. Nous pouvons porter le cilice fous des
habits de broderies ; pour eftre
chafte & continent, il n'eft pas
befoin de fuir les Ruelles des
Dames de qualité, leur approbation contribuë fouvent à
noftre bonne fortune, & j'eftime qu'il eft neceffaire à un honnefte homme de fe bien tirer de
leur converfation. C'eft d'elles
que nous apprenons la bienfeance, ce font elles qui nous
infpirent le defir de nous rendre agreables à tout le monde,
& qui par confequent nous

achemine à la vertu. Un Courtifan fe rend ridicule quand il
fuit les divertiffemens que
toute la Cour approuve : C'eft
un moyen bien détourné de
faire fa fortune, que de s'enfer-
mer dans un Oratoire, pendant
que le Prince eft à la Comedie;
& je tiens qu'il fait mal fa
Cour d'entrer en retraite pour
ne fe point trouver au Bal, où
fon adreffe & fa bonne mine
luy peuvent acquerir de l'a-
vantage & de l'eftime. Un homme fcrupuleux jufques là ne
doit rien pretendre à la Fortune; c'eft à luy à prendre les
maximes de la Cour, ou à la
quitter. Il doit penfer qu'il eft
fait pour la Cour, & non pas
la Cour pour luy; s'il l'a trouvé incompatible avec fa pieté,
qu'il change de deffein, fans

doute le Cloiſtre eſt plus propre à la pratique des auſteri-
tez. Pour eſtre bon Religieux
il faut ſuivre exactement ſes
Conſtitutions & ſa Regle ; &
pour eſtre bon Courtiſan , la
meſme conſequence nous apprend qu'on doit vivre comme on vit à la Cour. Chaque
profeſſion a differente fin ,
auſſi a-t'elle divers moyens
pour y arriver ; ce qui eſt raiſonnable en l'une , eſt ſouvent
ridicule en l'autre. Un Officier d'Armée ſe feroit mal
obeïr, s'il parloit à ſes Soldats
du meſme ton de voix qu'un
Chartreux dit ſon *Miſerere.*
Un Religieux feroit-il pas
auſſi fat s'il contoit des fleu-
rettes à une Dame , qu'un
Courtiſan ridicule, s'il luy faiſoit des exhortations ? Nous

avons befoin de noftre jugement dans toutes les actions
de noftre vie : la devotion peut
avoir fes excés comme les autres chofes. La vertu n'eft jamais vague & indeterminée ;
comme elle eft parfaite , elle
tire fes regles de la mediocrité,
& à le bien prendre elle eft elle-
mefme la mediocrité. L'avarice & la prodigalité font deux
extrémes vitieux , la liberalité
qui tient le milieu eft une vertu.
La poltronnerie & la temerité
font deux vices qu'un Gentil-
homme doit toûjours éviter , &
la vaillance eft une vertu moy-
enne qu'il doit toûjours embraffer. Enfin on demeurera
d'accord qu'on ne peut eftre
Courtifan dans le Cloiftre , non
plus que Moine dans la Cour,
& que pour y vivre felon fes
maximes,

maximes, il faut aimer ſes amis
avec fidelité, & repouſſer les
meſchans avec eſprit & avec
vigueur ; c'eſt en ce cela qu'un
Courtiſan doit avoir un judicieux uſage de ſa teſte & de ſes
bras, qu'il ſe faſſe juſtice à ſoy-
méſme auſſi exactement qu'il
la rend aux autres, qu'il ſoit
ſenſible au bien & au mal, qu'il
ne s'écarte jamais du chemin de
l'equité, qu'il preſte l'oreille
aux avis, & qu'il ſe donne le
temps d'en apprendre la verité.
On trouve ſi peu de Conſeillers
deſ-intereſſez, qu'il eſt toûjours à propos d'examiner leurs
propoſitions. Un hommes ſage
ne prend pas feu comme la pou-
dre, il ſe ſçait trop bien ſervir
de ſes paſſions pour rien con-
ſulter avec elles; mais quoy que
ſa raiſon les chaſſe de ſon con-

E

feil , elle les rappelle utilement
pour l'execution. On delibere
d'un fang froid de faire un beau
combat , & on ne laiffe pas
d'avoir befoin d'un peu d'émo-
tion pour le terminer avec a-
vantage. Le Pfalmifte nous
permet la colere , pourveu qu'-
elle foit fans peché. Je croy
qu'il en veut autant dire des
autres paffions. La Nature eft
trop bien conduite pour rien
produire de mauvais, mais nous
fommes des broüillons qui ga-
ftons fes ouvrages par le fot ufage que nous en faifons.

---

## De la Sageffe & de l'Oeconomie d'un jeune Courtifan.

CE defaut quoy que com-
mun, femble plus ordi-
naire aux gens d'épée , qu'à

toute autre profeſſion. Je ne
ſçay ſi c'eſt par couſtume ou
par neceſſité qu'on leur ſouffre plutoſt qu'à tous autres.
Pour moy je ne deſaprouve
pas un jeune homme un peu
bruſque , pourveu qu'il ne ſoit
point étourdy ny emporté :
Cette ſageſſe qui ne fait rien
que par compas , qui affecte
une gravité de ſenſeur , qui
a toûjours le ſourcil refrogné ,
& qui ne parle que par mono-
ſillabes , comme le Corde-
lier de Rablais , n'eſt pas à mon
advis celle que doit pratiquer un homme de la Cour.
Je luy voudrois faire les ongles
pour l'empeſcher d'égratigner
ſes amis , je la demanderois
agreable & enjoüée , & ſur
tout proportionnée à l'âge de
celuy qui la poſſede : celle des

jeunes gens ne veut rien de fe-
vere, elle admet la complaisance au nombre de ses vertus,
& ne rejette point la propreté,
ny tout ce qui contribuë à
donner bonne mine. La bien-
seance a de grands charmes
pour attirer les cœurs ; on se
défend avec peine d'avoir de
l'inclination pour un homme
qui entre de bonne grace dans
une Compagnie : Son port & sa
mine persuadent qu'il a du merite ; & la liberté qui paroist
dans ses actions, qu'il est homme de condition. Ce n'est pas
mesme une science inutile de
se sçavoir avantageusement
habiller. Un Courtisan de nostre siecle, disoit qu'un Gentil-
homme se pouvoit dire assez
paré, quand il estoit noir, net
& neuf ; & en effet, ce n'est pas

toûjours la grande dépenfe qui
le fait paroiftre, elle a fans doute
plus d'éclat, mais il eft malaifé
de la faire durer, les excés ont
toûjours de fafcheufes fuites ;
j'aimerois mieux qu'il euft fouvent des habits mediocres que
de riches, & qu'il les portaft
long-temps ; fur tout qu'il évite
les manieres extraordinaires, &
hors la mode ; la bizarrerie des
habits fait foupçonner avec raifon celle des mœurs. S'il eft
propre en fa perfonne, il le fera
auffi dans fon équipage & dans
fon train ; c'eft à luy à confulter fa bourfe pour l'accroiftre
ou pour le diminuer, & je luy
confeillerois plutoft d'avoir
beaucoup de mérites, que quantité de Valets. La grande fuite
de Pages & de Laquais qui ne
paffent point la Cour du

Louvre, ne fait pas grand bruit
dans le Cabinet, il n'appartient qu'à des Seigneurs de
baffe Bretagne, de venir une
ou deux fois en leur vie montrer leur nez à la Cour, accom-
pagnez comme des Ambaffa-
deurs du Grand Mogor : Ce
font des Blais qui n'attrapent
que les Bourgeois & les Provinciaux. Il faut prendre un
air qui fe puiffe foûtenir long-
temps, & qui ofte au Courtifan l'inquietude de paffer devant les Barrieres des Sergens :
On ne voit guere de profufion
fans Injuftice & fans folie ; ce
n'eft pas le propre d'un homme
bien reglé de faire des debtes,
& de ne les pouvoir payer ; s'il
eft de cette humeur, il aura de
la peine à fe garantir de l'eftime d'un filou. Ce que je dis

de l'équipage se doit aussi entendre de sa table ; quand on s'en mesle , il la faut tenir bonne. C'est un moyen d'amasser force gens, & je n'estime pas que c'en soit un bien asseuré d'acquerir des amis. La pluspart de ces disneurs ne viennent pas pour nous obliger , c'est beaucoup s'ils s'empeschent de controller les sauces & le buffet ; quand on voit une table ouverte , toute la Cour pense avoir droit de s'y asseoir ; ce galimathias de monde me feroit haïr cette sorte de dépense , qui oste la liberté à celuy qui la fait. Il y avoit trois riches Martins à Paris , qui pensoient acquerir de l'estime par-là ; mais ils ne tirerent autre fruit de leur dépense , que celuy de se faire appeller

Martin mangeant, Martin man-
gé, & Martin qu'on mange :
pour moy je trouve le premier
le plus habile homme des trois.
Le plaisir de la bonne chere
cesse d'estre plaisir , si-tost qu'il
est contraint : j'approuverois
fort qu'on fit de bons répas ,
pourveu que ce ne fust pas un
ordinaire reglé pour tout le
monde. C'est assez qu'un Courtisan donne à son Maistre toute
sa liberté , elle est de soy trop
pretieuse pour l'abandonner à
tant de gens , il en doit estre
aussi bon menager que de sa
bourse. C'est aux Partisans à
faire manger aux Particuliers
ce qu'ils dérobent au public ;
il est bien à propos qu'ils se fassent considerer par ce qu'ils ont
de plus estimable ; c'est assez
pour eux qu'on vante leurs

Cuiſiniers & leur belle Vaiſſelle
d'argent ; auſſi bien ne les obli-
geroit-on pas de s'informer de
ce qu'ils ſont, & l'on feroit bien
empeſché de les loüer pour ce
qu'ils valent. Ce conſeil que
je donne à un jeune Courtiſan,
ne feroit pas propre à un Miniſtre d'Etat, ou à un grand
Seigneur déja bien avancé dans
la Fortune, à ceux-là la table
eſt une marque de grandeur qui
n'eſt pas inutile;elle facilite l'accés à leurs Amis qui leur font
la Cour ; elle leur donne lieu
de recevoir leurs careſſes; &
comme ils ſont au deſſus de
ceux qui les viſitent, ils n'en
peuvent pas eſtre importunez.
C'eſt au Courtiſan à connoiſtre
& à conſiderer que puis qu'il y
a une grande difference entre
celuy qui cherche la fortune,

E v

& celuy qui l'a trouvée, il y en
doit avoir une tres-notable
dans leur façon de vivre. Ce
que nous faisons sans jugement,
ne peut estre bien fait ; ostez
cette piece à un homme, vous
desarmez un Vaisseau de son
gouvernail.

---

## Que la Fortune ne sçauroit élever un fat, & ce qu'il doit faire.

QUand je demeurerois
d'accord du pouvoir que
je veux oster à la Fortune, je
soûtiendrois encore avec beaucoup de raison qu'elle ne sçauroit élever un fat, elle donnera
bien de l'inclination au Prince
pour celuy qu'elle veut avancer. C'est un mouvement de
l'ame dont la raison est difficile
à comprendre, & qui peut sur-
prendre les plus habiles ; mais

son effort ne paſſera pas plus outre, quand le Prince verra qu'il a fait un mauvais choix. L'amitié reſſemble au feu, elle veut eſtre nourrie pour ſub-ſiſter. Les Princes ſçavent qu'ils ſont nos Maiſtres ; quand ils font un pas pour deſcendre à nous, ils croyent que nous devons faire tous les autres pour monter juſqu'à-eux. Auſſi eſt-il bien raiſonnable que nous faſſions tout pour leur plaire, puiſque ne nous devant rien, ils ne laiſſent pas de nous obliger. C'eſt à nous à les divertir, & à nous conformer à leurs humeurs ; & quand ils nous honorent de leurs bon-nes graces, il eſt juſte que nous n'obmettions rien pour les me-riter.

Il ſe trouve dans la Cour de

E vj

belles Hapelourdes ; ce font
de faux diamans qui reſſem-
blent aux bons ; leur mine &
leur naiſſance font preſumer
qu'ils valent quelque choſe,
& l'on ne s'en deſabuſe pas juſqu'à ce qu'ils ayent parlé. Ce
fut par-là que Socrate voulut
connoiſtre le jeune Athenien
qu'on luy donnoit à inſtruire.
Il y a peu de difference entre
une belle Statuë, & un homme
de bonne mine qui n'a point
d'eſprit. Je conſeillerois aux
parens de ces gens-là de les
produire rarement à la Cour.
Il ſuffit que les Provinciaux
ſçachent qu'ils ſont connus du
Roy, & qu'ils entrent dans le
cabinet. Le ſéjour qu'ils y font
ne ſert qu'à découvrir leur foibleſſe, ils deviennent la dupe
d'une troupe d'éveillez qui ne

perdent pas l'occasion de s'en divertir ; un peu de brutalité eſt pardonnable à ces pauvres mal-heureux ; quand on ſçait qu'ils vont vite de la main , on ne va pas ſi vite de la langue : mais enfin ce ne ſont pas des ſujets propres à faire fortune , ils n'ont beſoin que de conſeil , pour ne faire point de chutes faſcheuſes dans leur Province. Il leur faut inſpirer la civilité , la generoſité , & la liberalité ; s'ils ſont riches , le grand train leur eſt propre pour ſe faire ſervir en grands Seigneurs. La pluſpart des hommes ſe prennent plus par les apparences que par les realitez, parce qu'ils ne jugent que des choſes qui touchent leurs ſens ; ils rendront plus d'honneur aux beaux habits ; & à la ſuite d'un Gentil-

homme, qui a son merite que
sa vertu, & rien n'est digne de
son approbation que le bien &
le grand revenu. Ce sont des
aveugles qui forcent les plus
sages à s'accommoder à leur
aveuglement ; l'entreprise seroit fole, de les vouloir rendre
clairvoyans. Un homme d'esprit se sert de leur sottise à son
avantage, comme les Medecins
preparent les venins pour
chasser les maladies : Les imperfections de la Nature sont trop
difficiles à corriger ; le peuple
de tout temps a esté foible, le-
ger & ignorant ; puis qu'il a
commencé avec le monde, &
qu'il n'a point changé, il y a
bien de l'apparence qu'il sera
tousjours le mesme. Je n'ay
pas dessein de m'étendre sur
cette matiere, n'ayant rien à

dire à ceux que je suppose n'e-
stre pas à la Cour ; s'ils ne sont
capables de rien, ils n'ont pas
besoin de conseil. Celuy qu'ils
doivent prendre, est de demeurer dans leurs maisons, & de se
laisser conduire à quelqu'un
qui les empesche de faire de
notables fautes.

---

## *Que le Mariage sert à la Fortune, & si un homme de qualité doit pre-ferer une Princesse à une femme de sa condition.*

CE n'est pas assez, ce me
semble à un homme de
qualité qui veut relever sa
Maison, de ne penser qu'aux
bonnes graces de son Maistre,
& d'oublier tous les autres
soins qui peuvent contribuer
à sa fortune. Je n'estime pas
que les alliances luy doivent

estre en moindre confideration, s'il examine de quelle importance elles font à fon établiffement. Les Allemans n'ont pas befoin de confeil là-deffus, les Loix de leur pays y ayant pourveu par la défenfe qu'elle leur font de fe mef-allier ; de forte que fi un Comte de l'Empire avoit époufé une femme au deffous de fa qualité, fes enfans déchoiroient de fon rang. Noftre France a des ufages differens, qui peut eftre ne font pas meilleurs ; mais comme je ne fuis pas reformateur de fes Couftumes, il me fuffira d'en tirer quelque utilité. Dans les Mariages il y a trois chofes effentielles à confiderer, la naiffance, la perfonne & le bien.

Je mets la naiffance au premier rang, parce qu'elle eft

d'un merveilleux poids, & qu'-
elle me donne matiere de parler
d'une queſtion, qui peut-eſtre
n'a pas encore eſté traittée:ſça-
voir, ſi un grand Seigneur qui
peut pretendre au Mariage
d'un Princeſſe, la doit prefe-
rer à une femme de ſa condition? Cette propoſition a d'a-
bord un éclat qui ſaute aux
yeux, & qui s'empare impe-
rieuſement de noſtre opinion.
On troùvera peu de perſonnes
qui ne l'eſtiment trop avanta-
geuſe pour la balancer. On
dira que les enfans d'une Princeſſe, pour n'eſtre pas Princes,
ſont quelque choſe de plus que
les autres Gentils-hommes; que
leur naiſſance les faiſant parens
de ces Puiſſances que le monde
revere, leur attire les reſpects
de la Nobleſſe, & les fait parti-

ciper à leur grandeur ; que les
Princes les confiderans comme
leur fang, font obligez de porter leur intereft dans la Cour
& dans les Provinces, & de leur
procurer les grands établiffe-
mens & les premiers honneurs
de l'Etat ; que quand mefme
ils manqueroient de naturel,
ils s'y trouveroient engagez
par le foin qu'ils ont de leur
propre gloire. On peut adjoûter encor beaucoup d'autres ornemens pour embellir
ce cofté de la Medaille ; mais
quelle merveille fi on la tourne,
puis que toutes chofes font
problematiques ? & fi l'on répond qu'une Princeffe ne pouvant faire un Prince, elle ne
fait non plus un grand Seigneur, eftant vray qu'il le
pourra eftre par la feule qua-

lité de son pere ; que son merite joint à sa naissance , le fera
bien respecter de la Noblesse
sans le secours de la Princi-
pauté ; que c'est une erreur de
croire que les Princes , pour
estre ses parens , épousent ses
interests ; qu'au contraire ,
comme ils sont au dessus de
luy ; ils le croyent indigne de
l'honneur de leur alliance , s'il
ne s'attache inseparablement
à leur fortune & à leur grandeur ; que leur credit n'est pas
une voye infaillible pour obtenir les grandes charges , la
Cour ayant sa Politique qui
luy persuade qu'elle doit rarement donner de pareilles graces par les mains des Princes ,
d'autant que c'est leur faire
des creatures qu'elle éleve
contre ses propres interests.

Elle sçait qu'ils emportent toute la reconnoissance & la gratitude de ceux à qui ils ont procuré ces honneurs, & que c'est nourrir leur ambition, & fortifier leur party, que de les obliger de la sorte ; qu'il faut toûjours quelques mouvemens violens pour arracher de ses mains des graces de cette importance. On adjouste que la Cour n'aime guere à obliger que ses Favoris, & l'on voit rarement les Princes occuper cette place dans le cœur de nos Roys. S'ils les regardent comme leurs parens, ils ont de la peine à se défaire de la pensée qu'ils peuvent devenir leurs ennemis, & ainsi ils ne souffrent leur grandeur qu'avec quelque espece d'inquietude. Toutes ces considerations ont fait conclure à plusieurs, que de pareilles alliances ont plus d'incommodité , que d'avantage pour ceux qui s'attachent directement au service & à la personne de nos Roys, & qu'une Maison de leur portée leur peut donner une femme avec moins d'éclat , mais avec plus de solidité pour leur fortune.

Que si leurs parens ne veulent point suivre cette politique , & que le brillant de cette grandeur les charme ou les éblouïsse , il est difficile de se dispenser en épousant une Princesse , d'épouser aussi les interests de sa maison; aussi-bien les Ministres l'en soupçonneront-ils toûjours , & ne se persuaderont jamais qu'il s'en puisse dégager avec bienseance , ny avec seureté. Et en effet, de

quel œil un grandSeigneur peut
il voir la ruine d'un Prince son
proche parent, sans contribuer
à soûtenir sa fortune quand elle
chancelle ? Et comment peut-il
croire qu'il ne sera pas écrasé
sous ses ruines, si le malheur de
ses affaires veut qu'elles tom-
bent ? pense-t'il que les ministres pour cela ayent bonne
opinion de luy ? Et s'il manque
à son parent dans une necessité
pressante, que peuvent ils eux-
mesmes fonder sur sa generosité ? ou quel droit auroient-
ils de prendre confiance dans
les services d'un homme qui
oublieroit sa naissance, & qui
prefereroit ses interests particuliers aux devoirs de la bien-
seance, de la nature, & du
sang ? Les regles ne sont jamais
si generales, qu'elles ne souffrent

quelques exceptions : l'obeïffance eft neceffaire, je l'avoüe ;
mais la generofité n'eft pas de-
fenduë, & l'on fçait qu'elle ne
paroift que dans les temps di-
ficiles & les occafions perilleu-
fes. Je dy de plus qu'elle eft
d'autant plus eftimable dans
nos ennemis, qu'elle eft plus
éloignée des fentimens ordinaires des ames baffes & vul-
gaires, qui n'ont pour objet
que leur intereft, & qui ne
font rien par le feul mouvement de la vertu. Ceux-là
reffemblent au Chien d'Efope,
qui s'attendent d'avoir les
récompenfes qu'ils fe figurent
pour lors de la Cour ; ce ne
font que des ombres & de la
fumée, elle promet tout pour
def-unir ceux qui l'importu-
nent, & perfonne n'eft en eftat

de la faire tenir parole. Ses
negociations ne vont guere fans
fuccés; leur but eft de feparer
les amitiez, de metre de la dé-
fiance dans les partis, & produire mefme de la haine entre
les parens, quand elle trouve
des efprits incertins & peu
déterminez. Pour moy j'eftime
qu'il faut choifir de bonne heure, ou de fe donner tout à fait
à elle, & en faire un poinct de
confcience & de devoir, eftant
vray que l'obeïffance que nous
devons au Roy, rend fon party
le plus jufte, ou de fuivre la fortune du Prince dont on eft parent. Quoy qu'il en puiffe arriver les chofes ne font jamais
affez long-temps calmes parmy
nous, pour ne fe point declarer
& fe cacher dans fon terrier
comme un Renard. Ceux qui
ne

ne promettent rien n'obligent
perſonne, & ceux qui promettent tout ſont obligez à tenir
leur parole. Jamais un Homme
de Qualité ne doit montrer de
crainte ny de foibleſſe, ſon courage doit toûjours eſtre plus
grand que ſa fortune, & ce n'eſt
plus la ſaiſon de deliberer, quãd
celle de l'execution eſt arriveé.

---

## S'il faut eſtre amoureux pour ſe marier.

A Prés la naſſance d'une
Maiſtreſſe, ſa perſonne
fait la ſeconde conſideration du
Mariage: comme ce Sacrement
eſt un lien indiſſoluble, j'eſtime
un homme ſouverainemét heureux, qui épouſe une femme
bien faite d'eſprit & de corps.
J'aurois de la peine à me renger
de l'opinion de ceux qui ſou-

F

tiennent que l'amour n'eſt pas
neceſſaire à conclure un ſi important marché , parce diſent-
ils, qu'eſtant queſtion de l'établiſſement de noſtre repos & de
noſtre fortune, il eſt dangereux
d'écouter une paſſion violente
qui nous tyranniſe & nous
aveugle tout enſemble. Que
comme ennemie de la Sageſſe,
elle ne peut donner des conſeils bien ſains , ny promettre
des plaiſirs auſſi longs que la
durée de noſtre mariage, puis
qu'elle s'éteint dans la joüiſ-
ſance, & que l'experience nous
apprend que la poſſeſſion , le
temps , & l'habitude diminuent le prix des choſes les
plus excellentes dans noſtre
imagination. Ils adjoûtent que
tout conſpire à ſe défaire de
cette paſſion , que les années

effacent la beauté que nous
adorons, & que tel a fervy une
fille belle comme un Ange,
& fage comme une Sainte, qui
fe trouve chargé d'une Femme
auffi laide qu'un démon, &
auffi enragée qu'une Bacchante.
Par-là ils concluënt que la cou-
tume eft bien judicieufe, qui
laiffe le choix & l'approbation
de nos mariages à nos Parens &
à nos Tuteurs, qu'ils en jugent
d'autant plus fainement qu'ils
font moins touchez de la paffion d'Amour, & qu'ils ne confiderent que les feuls interefts
de noftre bonheur, & de noftre
fortune.

Mais pour répondre à ces raifons, y a t'il rien de plus tyran-
nique, que de partager tous
les momens de noftre vie, tous
nos maux & tous nos plaifirs,

avec une perſonne qui nous eſt
inconnuë & meſme indiffe-
rente ? S'il eſt vray que la joüiſ-
ſance éteigne l'amour , peut-on
pas inferer que la meſme joüiſ-
ſance changera noſtre indiffe-
rence en haine, & que cette derniere paſſion nous precipitera
dans un gouffre de déplaiſirs &
de douleurs ? Que l'ayant épou-
ſée ſans l'avoir veuë que par les
yeux d'autruy , elle nous paroiſtra deſagreable ; & ne l'ayant
connuë que par le rapport de
nos parens, nous nous abandon-
nons comme des aveugles à ſes
mauvaiſes humeurs , & peut-
eſtre à quelque choſe de pis.
Qu'en uſer de la ſorte , c'eſt entrer dans une priſon qui ne nous
offre que des chaiſnes , dont
nous ne pouvons eſtre delivrez
que par la mort.

Qu'il n'eſt pas raiſonnable que noſtre volonté ſi néceſſaire au Mariage, ſoit forcée par le choix & l'authorité de nos parens, puis qu'elle eſt ſi libre de ſa nature, qu'elle ne le peut eſtre par les plus cruels tyrans du monde. Que ſi une belle fille perd bien-toſt tous ſes charmes, & devient une laide femme, on eſt encore plus aſſeuré qu'une laide n'embellira pas dans le mariage, & que ſa malice augmentera plutoſt que de diminuer. Enfin cette queſtion eſt un problême qui ſe peut diſputer également, & qui eſt plus propre à ſurprendre ma raiſon qu'à déterminer mon jugement : La premiere opinion me ſemble la plus ſaine pour l'établiſſement de la fortune, mais la plus dangereuſe pour le repos ;

& pour la derniere ſi elle offre
moins de bien, elle promet plus
de plaiſir & de ſatisfaction.

---

## Si le bien eſt preferable à la naiſſance.

LE bien eſt la derniere cir-
conſtance à examiner dans
le Mariage : on ne diſpute
point ſur la quantité, perſonne
ne pouvant nier que le plus
grand ne ſoit le plus ſouhaittable ; mais j'eſtime que la qualité en doit eſtre bien conſide-
rée. Je ne ſuis pas de l'avis
de l'Empereur Veſpaſian, qui
diſoit que l'argent qu'il tiroit
des excremens, ſentoit auſſi
bon que celuy des fleurs & des
fruits. Si l'on reçoit dans ſon
alliance une fille de peu, parce
qu'elle apporte beaucoup d'argent, il faut fixer les yeux

fur fa bourfe, & ne les tourner
jamais fur fa famille. De pareilles alliances ne font fuppor-
tables qu'à des Maifons acca-
blées de Sergens & de debtes :
comme ce font d'extrémes
maux, on fe refout d'y appliquer d'extrémes remedes. Ce
defordre eft encore fouvent
fuivy d'un autre plus fafcheux,
lors que les enfans tiennent de
l'ordure de leur principe. Ces
genereures familles qui s'allient
de la forte, reffemblent aux
Fontaines, dont les eaux fe
corrompent en s'éloignant de
leurs fources, quand elles
paffent par des lieux maref-
cageux. On demanda un
jour à un grand Seigneur
Italien, pourquoy les Ro-
mains qui avoient autrefois
fait trembler tout le monde, &

dont la valeur n'eut jamais de
pareille, eſtoient devenus ſi mal
propres à la guerre : il répondit, que pendant que les Soldats
ſe méloient de faire des enfans
à leurs femmes , ils reſſem-
bloient à leurs peres; & que depuis que les gens de ſoutane en
avoient pris le ſoin, ils n'avoient
engendré que des feneans &
pacifiques. C'eſt une choſe
étrange , dit Montagne , que
nous ſoyons moins circonſpects
à perpetuer la vertu de nos familles, qu'à conſerver la race de
nos bons chevaux. Pour moy
je ne conſeilleray jamais les vi-
laines alliances à ceux qui s'en
pourront paſſer. Une femme
de condition avec moins de
bien ſouſtient tout autrement
le rang de ſa famille ; & c'eſt un
avantage conſiderable au der-

nier point pour les enfans qui
en sortent , de se voir appuyez
de deux puissantes Maisons , qui
prennent un égal interest dans
leur fortune & dans leur grandeur. Comme ils n'ont receu
que des impressions d'honneur
& de vertu, ils ont d'ordinaire
l'ame belle , & ne se rendent jamais indignes du nom de leur
famille , ny de la gloire de leurs
predecesseurs.

---

*Qu'on doit faire un Amy fidele , &*
*qu'un homme de qualité ne doit pas*
*estre estimé mal-heureux si la Cour*
*luy fait injustice.*

JUsqu'icy j'ay parlé des moyens d'éviter quelques mauvais pas qu'un Gentil-homme
pourroit faire à la Cour , s'il re-
gloit mal sa conduite avec son
Maistre, & ne se precautionnoit

F v

pas contre ſes ennemis. Il me
reſte à luy conſeiller de faire un
Amy fidelle, duquel il puiſſe
prendre les conſeils dans les
choſes de conſequence.

Il eſt certain que jamais
homme ſage ne s'eſt abſolu-
ment abandonné à ſa propre
conduite, ſi nous croyons noſtre
raiſon ſans erreur, nous la connoiſſons mal ; en penſant trop
faire pour elle nous la détrui-
ſons, nous reſſemblons aux
Singes qui étouffent leurs petits à force de les embraſſer.
C'eſt ainſi que nous la faiſons,
ſans y penſer, dégenerer en
préſomption. L'amour que
nous avons pour nos intereſts,
eſt un obſtacle invincible pour
elle, nos paſſions & nos eſperances luy donne à toute heure
l'eſtrapade, & la tournent

comme il leur plaiſt. Comme
elles ſont les plus fortes, elles
agiſſent auec tant d'impetuo-
ſité dans l'eſprit d'un jeune
homme, qu'il ſuit d'ordinaire
ce qu'il aime, & ſe perſuade
tout ce qu'il ſouhaite; il n'eſt
point de mal ſi neceſſaire à
guerir que la preſomption, elle
eſt trop ennemie de la defe-
rence & du conſeil pour s'accommoder avec la Sageſſe. Ce
n'eſt pas qu'il faille ſe dé-
poüiller de toute bonne opinion de ſoy-meſme, c'eſt un
autre excez qui produiroit
de mauvaiſes conſequences,
l'humilité n'oblige pas un
homme de cœur à s'eſtimer
poltron, un Docteur à ſe
croire ignorant, ny un Courtiſan à ſe perſuader qu'il ne
ſçait pas vivre dans le grand

monde, il fuffit que nous foyons
juges auffi feveres de nos vices
& de nos défauts, que nous le
ferions de ceux des autres.
Nous pouvons nous examiner
fans honte comme fans témoins
en noftre particulier. Faifons
taire nos paffions, pendant que
la raifon nous dira ce que nous
fommes & ce que nous vallons,
& nous ne manquerons jamais
de nous connoiftre. Si ces reflexions ne peuvent entrer dans
l'efprit des jeunes gens, s'ils ne
veulent point confulter leur
raifon, au moins qu'ils s'adref-
fent à celle de leurs amis, elle
fera toûjours la plus faine, agif-
fant avec plus de liberté, & avec
moins d'intereft. La prudence
humaine n'a point trouvé de
plus grandes précautions contre les accidens; j'ay dit ailleurs

qu'elle a ses bornes & sa foiblesse naturelle ; mais elle fait ce qu'elle doit, quand elle fait ce qu'elle peut ; la Providence acheve le reste comme il luy plaist, elle a des ressors qu'elle fait joüer sans nous, elle conduit toutes choses avec une sagesse infinie, & ne fait rien fortuitement. Un homme sage & resolu attend avec constance ce qu'elle a déterminé de sa fortune ; si on le chasse de la Cour, il s'en passe sans chagrin , & ne pense pas estre mal-heureux dans sa maison : Il voit que beaucoup d'autres n'y ont jamais esté qui ne laissent pas de vivre contens. S'il a l'adresse de se faire aimer, il reçoit dans sa Province les hommages & les respects qu'il rendoit à plusieurs. Ceux qui luy diminuent ses esperances,

luy augmentent son repos; &
dés lors qu'il quitte l'Empire
de la fortune, il se trouve entre
les bras de la Philosophie. Sa
conduite qui ne luy reproche
point ses fautes le console de
ses mauvais succez. Il voit que
la Nature na pas attaché les
plaisirs aux grandes fortunes,
qu'on peut rire & passer agreablement son temps, sans estre
Duc & Pair, ny Mareschal de
France; qu'il ne manque point
de gens qui contribuënt à ses
divertissemens, comme il faisoit à ceux de son Maistre qu'il
ne voit plus; & enfin il peut
trouver le revers de la Medaille
aussi beau que l'endroit. Il ne
faut pas un grand effort de raison pour philosopher de la sorte quand on est grand Seigneur
dans sa Province. C'est un

beau pis-aller, que d'avoir dix
ou douze mille eſ-us de rente,
& j'oſorois bien aſſeurer que
la Philiſophie ancienne & mo-
derne, n'a point écrit de Livres qui nous conſolent ſi puiſ-
ſamment contre les revers de
la Fortune, que les Baux à
ferme de deux ou trois belles
terres. La pauvreté eſt un mal
qui fait perdre l'eſcrime aux
plus vaillans; & les Raiſonnemens de la Philoſophie ſur
le mépris des choſes periſſa-
bles, ne ſont pas une monoye
dont nous puiſſions payer nos
detes. Ce qui m'en donne.
mauvaiſe opinion, eſt que
leurs Autheurs n'en avoient
pas grand beſoin. Ils nous
ont laiſſé des armes dont ils ne
ne ſe ſont jamais ſervis; ils
ont combatu un ennemy qui

n'a point esté en état de leur
faire mal ; & l'on ne me fera
point croire que Denis ait autant pris de plaisir à commander à des Escoliers, qu'il en a-
voit à regner dans Syracuse. Il
est malaisé de tomber de bien
haut sans se faire mal; dans les
extrémes desordres il n'y a que
le bien qui nous console, & qui
soustiennent nostre esprit. C'est
luy qui nous exempte des incommoditez insupportables où
la pauvreté nous précipite , &
qui nous fait éviter le mépris de
nos égaux, & la pitié de nos inferieurs. Le plus grand merite
du monde ensevely sous l'indi-
gence est une miniere d'or que
personne n'a découverte; celuy
qui la possede n'en est pas plus
à son aise, & ceux qui ne la connoissent pas la foulent aux pieds

fans s'informer de fa valeur. La cruauté de l'Empereur Juftinian n'auroit pas reduit Belliffaire à la derniere extremité, fi aprés luy avoir ofté l'honneur de tant de batailles, il ne l'avoit forcé de demander l'aumofne à la mefme porte de Rome par laquelle il eftoit entré tant de fois triomphant avec des Roys captifs attachez à fon Char. Et cét Empereur d'Allemagne eft-il pas moins à plaindre d'avoir efté chaffé de fes Etats & de fa Dignité, que de s'eftre veu contraint de faire des fagots dans une forefts de Suaube, pour foûtenir fa miferable vie? Je conçoy bien que l'efprit d'un homme fage ne perd pas fon affiette, quand il manque de s'élever aux honneurs qu'il meritoit par fes fervices; je fçay qu'il

doit eftre moderé , quand on
l'en priveroit avec injuftice ;
mais je n'entends pas avec
quelle regle de Philofophie il
pourra rendre fon ame tranquille , lors qu'il fouffrira les
incommoditez d'une extréme
pauvreté. La raifon feroit foible, qui penferoit me prouver
qu'un méchant habit me def-
fendra du froit , & que je dois
eftre fans inquietude , quand je
n'ay pas dequoy difner. On me
dira que la Nature fe contente
de peu , je l'avoüe , mais il n'en
va pas de mefme de noftre habitude : Un Prince feroit pauvre qui ne poffederoit qu'autant de revenu qu'il en faut
pour rendre un Gentil-homme
fort accommodé.

De tout ce raifonnement, je
conclus qu'un Gentil-homme

qui a de l'esprit & du bien suivant sa condition , peut vivre
heureux , quoy qu'il luy arrive.
Qu'il doit tenter les voyes de
parvenir aux grands honneurs
de l'Etat , ou par la guerre , ou
par les services qu'il rendra à
la Personne du Roy. S'il reüs-
sit , il joüira de son bonheur
avec plaisir ; & si ses desseins
ne luy succedent point , il n'y a
pas de quoy se desesperer, pouvant vivre chez luy dans le mesme rang que ses peres y ont tenu. Il a de plus la satisfaction d'-
avoir poly ses mœurs , produit
son merite, & acquis de l'estime;
c'est une récompense qui vaut
bien qu'il hazarde quelque chose quand il n'en auroit point à
esperer d'autre , & qui le doit
faire sortir de sa maison pour
y rentrer avec plus de gloire

qu'il n'en avoit auparavant.

---

*Que la soutane est plus propre à faire fortune que l'epée, & les avantages qu'en peut tirer un homme de qualité.*

S'Il porte la soutane, il trouvera bien des choses dans la conduite d'un homme d'épée, qu'il ne doit pas suivre. Sa profession l'oblige à une plus grande modestie, à une conversation plus retenuë, à une pieté plus exemplaire, & à des mœurs plus reglées. Comme il n'a pas affaire des exercices d'un Cavalier, il ne doit pas ignorer les bonnes lettres. Ce seroit une chose honteuse à sa profession ; la science n'est jamais si bien en son jour, qu'entre les mains d'un homme de condition. Elle y a des charmes qui raviffent tout

le monde , & qui contraignent
les plus infenfibles d'aimer ceux
qui s'en fçavent bien fervir.
C'eft un moyen prefque infaillible pour arriver aux grands
emplois : nous en avons tant
d'exemples , qu'il ne les faut
point chercher dans les temps
éloignez de noftre connoiffance ; & à le bien prendre , eft-il
pas jufte que les plus éclairez
conduifent ceux qui le font
moins ? & qui peut nier qu'un
beau naturel joint aux connoiffances qu'il tire des lettres , ne
faffe un homme extraordinaire?
les fciences luy tracent un chemin femé de rofes pour monter
à la Fortune , elles produifent
fon merite avec éclat , elles luy
donnent entrée dans les Confeils des Roys, elles luy apprennent l'art de perfuader ce qu'il

luy plaiſt, & enfin elles en font
un grand Prelat dans l'Egliſe,
ou un grand Miniſtre d'Etat.
O combien cette profeſſion eſt
heureuſe, & combiem de gens
de condition la prendroient
s'ils en connoiſſoient tous les
avantages ; je ſuppoſe toutefois ce que j'ay dit ailleurs,
qu'on y a de la diſpoſition naturelle ; car enfin ce n'eſt pas
une entrepriſe ſans difficulté,
de ſe rendre ſçavant ; il faut
eſtre Saint pour avoir des
ſciences infuſes, & les habi-
telles ſont longues & penibles
à acquerir. Les Poëtes ont
eu raiſon de les loger ſur le
Parnaſſe, dont la hauteur extraordinaire en rendoit l'accez
tres-difficile. Les Muſes qui
y préſident prennent plaiſir à
ſe faire faire la Cour ; mais

auſſi y a-til bien de l'avantage
d'eſtre en leurs bonnes graces.
Il n'appartient qu'à elles de ſa
tisfaire les vivans & de reſſu-
ſciter les morts Nous ne con-
noiſtrions point Alexandre, ſi
l'Hiſtoire ne nous l'avoit dé-
peint ; & toutes les belles
actions de Jules Ceſar, & de
Xenophon, feroient enſeve-
lies dans un eternel oubly, ſi
eux-meſmes ne les avoient
écrites. La vertu toute admi
rable qu'elle eſt, ne ſe ſçauroit paſſer d'elles, puis que ſa
veritable récompenſe eſt la
gloire & l'immortalité. A qui
penſez-vous que les Siecles à
venir donneront plus d'Eloges,
ou au Cardinal de Richelieu, ou
aux Capitaines qui ont combattu de ſon temps ? La Teſte
de ce grand Homme a fait mou-

voir leurs bras; & s'ils ont eu de
bons fuccez , ils ne font deubs
qu'à luy, comme à leur principe ; celuy-là en fut la caufe , &
ceux-cy les inftrumens ; & l'on
peut dire que leur valeur ne
pouvoit paroiftre fans travailler
à la gloire de celuy qui la con-
duifoit. Les ordres qu'il donnoit en repos dans fon Cabinet,
faifoit mouvoir toute l'Eu-
rope , fa prudence prevenoit les
mauvais accidens, fes raifonnemens penetroient les chofes les
plus obfcures, fon jugement eftoit fans erreur , & fa conduite
a paru fi belle , qu'on ne fçauroit parler de la grandeur du
Roy , fans louër fon merite & fa
vertu.

Il eft bien difficile qu'un
Homme de Qualité, d'un merite extraordinaire, ne faffe une
grande

grande fortune. Sa suffisance
impose je ne sçay quelle ne-
nessité au Prince de se servir de
luy ; & s'il n'y est porté par son
inclination naturelle, il s'y re-
sout pour le bien de ses affaires. Il voit qu'elles ne peuvent
estre confiées en de meilleures
mains , & qu'il se décharge
d'une infinité de soins qui rendent la Couronne aussi pesante
à celuy qui la porte , qu'elle
paroist belle aux yeux de ceux
qui la reverent. Que s'il n'est
pas assez heureux pour atteindre jusques-là , il ne s'éloigne
pas de la Fortune, quand mesme il n'approcheroit point des
affaires ; il luy sera bien plus
aisé d'obtenir un bel Evesché,
ou une bonne Abbaye, qu'à un
homme d'épée de sa condition
un Gouvernement considerable

G

pour récompenfe de fes fervices. Cependant le premier fuit
une voye tranquille & prefque
affeurée, & l'autre un chemin
plein d'incertitude & de perils; l'un & l'autre ont pour
objet leur fortune, mais ils ne
font pas également heureux
dans le choix des moyens qui
les y conduifent. Le malheur
des jeunes gens, eft que la chaleur du fang qui boult dans
leurs veines, ne les rend pas
capables de fe laiffer perfuader.
Ils fe mettent à la tefte qu'il
n'eft rien de fi beau que l'eftime d'un homme de cœur, &
qu'ils doivent égaler les hauts
faits des Heros de noftre hiftoire. Ils ne fe propofent jamais que le plaifir de contenter
leurs paffions, fans regarder
aux difficultez qui fe trouvent

en leur chemin ; & s'il arrive
qu'ils se prennent par les yeux,
il faut que tout cede à leur a-
mour , elle leur persuade que
la possession de leur Maistresse
est le seul bien qui les peut
rendre heureux , ils voyent
avec mépris la soutane qui
s'oppose à leur dessein. Ce sont
des malades qui fuyent les
Medecins , des aveugles qui
refusent toute conduite , &
qui quittent le chemin de la
fortune pour suivre celuy du
plaisir. Mais je demanderois
volontiers à un homme des-interessé, s'ils avoient appris de
l'experience de leurs amis, qu'il
ne faut que trois mois de joüis-
sance pour perdre cette passion
violente qui les traitte si impe-
rieusement : s'ils sçavoient que
les charmes de cette beauté

qu'ils adorent, s'évanoüiront dans peu de jours de leur esprit comme des Palais enchantez des Romans ; s'ils pouvoient concevoir qu'une Maistresse adorable devient souvent une femme importune ; est-il possible qu'ils fussent assez insensez pour sacrifier leur établissement & leur repos à cette Idole qui ne doit durer qu'autant que leur folie & leur aveuglement ?

Concluons ce discours par cette consequence, qui resulte des preuves de ma premiere proposition ; qu'il ne faut pas toûjours attribuer à la Fortune ce qui ne nous arrive que par nostre imprudence ; que ceux qui penetrent les causes en connoissent aisément les effets, & que nostre ignorance

& de noſtre foibleſſe , ſont les
ſources de noſtre mauvaiſe fortune , comme noſtre jugement
& noſtre experience le ſont de
noſtre bonheur.

*Fin de la Premiere Partie.*

# LA
# FORTUNE
## DES
## GENTILS-HOMMES
## PARTICULIERS.
### SECONDE PARTIE.

*Que personne n'est content de sa
fortune.*

IL n'y a point de pas-
sion si naturelle aux
hommes que le desir
d'estre toujours heu-
reux, mais il faut avoüer qu'il

feroit bien difficile de deviner
le terme de leur felicité. Chacun en fon particulier fe fait un
bonheur à fa fantaifie, & perfonne ne fe trouve content dans
la poffeffion de ce qu'il avoit ar-
damment fouhaité. Nous ren-
verfons l'Idole que nos mains
nous avoient baftie, nous foûpi-
rons aprés ce que nous n'avons
pas, & la mort nous eft auffi neceffaire pour terminer nos defirs, que pour finir nôftre vie. Je
ne voy rien qui marque fi fortement la foibleffe de noftre nature, que cette inftabilité qui ne
nous quitte jamais. Les plus mo-
derez fe propofent un bien me-
furé à leur merite, la raifon
leur permet d'y prétendre ; &
quand ils en font devenus les
maiftres, ils ne le confiderent
que comme un degré pour

monter à quelque chofe de plus ; & c'eft pour lors que leurs defirs s'enflament, que leurs efperances s'augmentent, & que leurs inquietudes redoublent leurs accés. Les Princes ne fe trouvent point heureux, parce qu'ils ne font pas Roys ; & les Roys ne peuvent vivre contens, parce qu'ils ne font pas feuls. On difoit de Cefar & de Pompée que l'un ne vouloit point de maiftre, & l'autre ne pouvoit fouffrir d'égal. En verité nous fommes bien injuftes d'attribuer à la Fortune l'inconftance, & l'aveuglement. Eft-il une legereté plus grande, que de n'eftre jamais content, & un aveuglement pareil à celuy qui ne connoift pas ce qui luy eft propre, ny ce qui doit arrefter fes de-

firs. Nous paſſons noſtre vie à
ſouhaitter & à pourſuivre le
bien;& lors que la vieilleſſe nous
en oſte l'uſage, elle augmente
en nous le deſir de le poſſeder.
J'ay dit ailleurs qu'il en faut
pour la neceſſité & pour le plaiſir; auſſi n'ay-je pas deſſein de
faire l'éloge de la pauvreté, ny
de mener mes amis à l'Hoſpital,
mais bien d'examiner la conduite de ceux qui ſe trouvent
reduits à la neceſſité de chercher fortune.

J'ay ce me ſemble aſſez prou-
vé qu'un Gentil-homme né
riche doit quitter ſon Village pour ſe donner à la Cour.
L'entrepriſe n'eſt pas difficile
à reſoudre, puis qu'en partant
de ſa Maiſon il la regarde comme un lieu qui le recevra toûjours agreablement ; quand ſes

G v

esperances le quitteront tous leurs, & il ne fera rien contre l'ordre de la Nature, si d'un commencement mediocre il s'eleve à quelque chose de grand. Mais il n'appartient qu'à Dieu de tirer les Estres du neant, & il faut une conduite bien sage à un particulier abandonné de tout autre secours que de celuy de sa propre vertu, pour faire une fortune mediocre qui établisse le repos de sa famille, & celuy de sa vieillesse. Il seroit impossible de traiter cette matiere en détail, à moins que d'examiner toutes les professions du monde. C'est une entreprise au dessus de mes forces & de ma patience, & je penseray avoir assez fait si je me rends utile à ceux de ma condition,

mon deſſein principal n'eſtant
que d'écrire pour la Nobleſſe.

---

*Que le merite eſt propre à tous*
*les Hom mes, & que l'Eſtat Mo-*
*narchique eſt le ſouhaittable à la*
*Nobleſſe*

TOut le monde ſçait que la
Nature qui compréd tous
les hommes ſous un meſme genre, ne met point de difference
entr'eux quand elle leur donne
l'eſtre, & qu'elle fait auſſi peu
d'effort dans le ventre d'une
Reyne pour former un Roy, que
dans celuy d'une Païſane pour
faire naiſtre un miſerable. La
Providence qui la conduit dans
l'ordre de ſes productions, ne
contraint point ſes mouvemés;
depuis la naiſſance du monde
elle a ſuivy une meſme route;
& les Hommes qu'elle en

gendre à nos Antipodes ne
naiffent point autrement que
nous. Cependant pour former
la focieté d'une vie civile, il a
fallu oublier noftre propre principe, & renverfer celuy de
la Nature. Pour faire l'union
de nos Etats, nous avons di-
vifé nos conditions, pour étendre la liberté publique, nous
avons refferré la particuliere;
& pour n'eftre pas efclaves de
nos ennemis, nous fommes con-
trains de recevoir des maiftres.
Ce défaut ne vient que de la
foibleffe de nos fens, qui ne
pouvant s'accorder en un mefme point, doivent neceffairement fe reunir fous la volonté
d'un feul. J'aurois befoin d'é-
tendre cette raifon, fi elle ne
s'écartoit trop de mon fujet.
Je diray feulement qu'elle a fait

conclure aux plus sages que le
Gouvernement Monarchique
est le plus seur & le meilleur.
( Le Philosophe ajoûte, quand
le Prince est le plus sage & le
plus juste de ses Sujets.) Pour
moy j'estime qu'il est le seul
souhaitable à la Noblesse, &
que c'est de luy qu'elle peut
attendre son bonheur & son
avancement. Je sçay bien que
l'Aristocratique n'a esté fait
que pour elle, & qu'ainsi elle
le devroit considerer comme
son centre; mais à le bien prendre, les Nobles de cette sorte
d'Etats ne sont obligez de leur
bonheur, qu'à leur naissance.
S'ils gouvernent les Peuples
ils sont étroitement liez par
leurs Loix, leur forme de vivre est pleine de grimace &
de circonspection; s'ils s'é-

levent, c'est plutost par honnesteté que par vertu; & quelque chose qu'ils fassent pour leur Republique, ils n'ont pas grand part à sa fortune.

Au contraire dans l'Estat Monarchique, comme les Roys ne reconnoissent rien au dessus d'eux que leur Justice & leur raison, ils ont droit d'élever ceux qui le meritent, ou qui leur plaisent. D'un Roturier ils en font un Noble, & d'un Gentil-homme un grand Seigneur; leurs biens-faits donnent de l'émulation à leurs sujets, & reveillent la vertu des particuliers pour y aspirer avec justice.

La Noblesse a esté de tout temps la récompense des actions genereuses, qui se faisoient à la guerre. Ce fut par

ce moyen que les Princes en-
gagerent les plus-braves à leur
service; & cette juste récompense d'honneur qui n'estoit
que personnelle, passa depuis
à leur posterité, & fut laissée à
leurs enfans comme une succession que la foiblesse de leur âge
n'avoit point encore meritée.
L'on ne peut nier que ce ne
soit un grand avantage d'estre
né Gentil-homme, & que la
vertu ne se produise avec un
merveilleux éclat, aidée de
cette qualité; mais je n'estime
pas qu'il y en ait d'autre raison
que l'habitude que nous avons
de le croire ainsi. Nous croyons
aisément ce que nos Peres ont
crû; & les coustumes receuës
ont un pouvoir si tyranni-
que, qu'elles contraignent
jusques à nostre jugement

Car à bien examiner les choses, qu'eſt-ce que la Nature a
fait davantage pour le noble
que pour le Bourgeois ; & qui
pourra diſcerner leurs qualitez,
lors que l'un & l'autre traitte-
ront le lait de leurs Nourrices ?
Si nous demeurons d'accord
qu'ils ont les meſmes organes,
le meſme temperament, & les
meſmes facultez de l'ame & du
corps, où prendrons-nous cette
difference qui éleve ſi haut le
Gentil-homme, & déprime ſi
injuſtement le Roturier ? Nous
avons une infinité d'exemples
qui contrediroient cette opinion, & qui nous contrain-
droient d'avoüer que le merite & la vertu ſont également
propres à tous les hommes.
Lors que le peuple Romain
contraignit le Senat d'admetre

au Confulat des Bourgeois avec
les Senateurs, la Republique
n'en vit point diminuer fa puiff-
fance, ny refferrer fes limites.
Nous ne lifons point que ces
Confuls Plebeyens ayent fait
de lafchetez, ny qu'ils ayent eu
moins d'amour pour la gloire
que leurs Collegues. Si nous
confiderons les gens de Lettres, les plus fçavans n'ont pas
efté les plus nobles. La naiffance d'Homere fut fi obfcure,
qu'aprés fa mort la beauté de
fes ouvrages fit naiftre une grande contention entre Chio,
Smirne, Salamine, & quatre
autres Villes, qui toutes s'attri-
buoient la gloire de l'avoir veu
naiftre. Et lors qu'il plaift au
Roy d'annoblir un Roturier
par un effet de fa puiffance ab-
foluë, remarquons nous que

son parchemin luy ait augmenté son merite ? J'aurois une veneration toute particuliere pour cette qualité, si elle estoit la récompense de la vertu, plutost qu'une succession. Nous joüissons avec plaisir de ce que nous avons acquis ; nous regardons amoureusement les Ouvrages de nos mains, & ne pouvons nous attribuer que les choses que nous avons justement meritées.

Cependant il faut suivre la coustume generale, se laisser emporter au torrent, & confesser qu'un homme d'honneur, d'esprit, & de merite, trouve un merveilleux obstacle à se produire, quand cette qualité luy manque. Il a beau philosopher contre les erreurs populaires, il se voit exposé à

mille fascheuses rencontres, &
il est d'autant plus à plaindre,
qu'il a esté mieux élevé. S'il a
beaucoup de merite, s'il a l'a-
me grande & belle, il ne peut
concevoir de mediocres desseins ; sa politesse ne s'accommode point avec l'incivilité
de ceux de sa condition, & sa
vertu ne peut souffrir l'obscurité. Cependant il vit dans la
Cour comme dans un Païs ennemy ; il y trouve bien plus de
mépris pour sa qualité, que
d'estime pour son merite ; &
il est souvent obligé de prendre des sentimens plus bas, &
de cacher son humeur altiere
sous la soutane d'un Prestre, ou
sous la robe d'un Justicier.
C'est le seul moyen qui luy
reste pour aller du pair avec
ceux qui ne le pouvoient souf-

frir. C'eſt un Lion qui s'en-
chaiſne de luy-meſme , ou pour
mieux dire un homme ſage qui
entend ſes veritables intereſts.
La Guerre , ſelon mon ſens , ne
luy eſt pas plus propre que la
Cour ; noſtre Nation ne ſçauroit porter de joug , s'il n'eſt
peint ou doré ; elle eſt per-
ſuadée que ceux qui luy com-
mandent , ſon nez pour luy
commander ; qu'elle ne doit
rien à ſes égaux , & qu'elle doit
tout à ſes ſuperieurs. Cette
opinion des peuples avec le
temps , a fait la grandeur de la
Nobleſſe. Un homme de qualité n'a point de peine à ſe faire
obeïr ; ſon nom ſuplée meſme
au defaut de ſon merite , & l'on
ne s'informe guere s'il eſt habile , quand on le connoiſt pour
eſtre de bonne maiſon.

*Que nos voisins donnent plus au me-*
*rite qu'à la naissance, & de l'u-*
*tilité du commerce.*

NOs Voisins ne gardent pas
cette maxime; dans le service de l'Empereur & du Roy
d'Espagne, nous avons veu de
nos jours de grands hommes
tirez de la lie du peuple. En
Allemagne, Aldringuer d'E-
crivain devenu General d'Armée; Jean de Vvert, de Valet,
General de la Cavalerie de
l'Empereur; & Bec, de Mes-
sager à Bruxelles, obtenir les
principaux emplois des Païs-
bas. Ces exemples qui sont
rares par tout, sont presque inconnus parmy nous; & quand
il s'en trouveroit quelqu'un, il
ne devroit pas détourner un
homme sage du chemin le plus

battu. Je veux dire que l'Eglise, & les emplois de la Justice, doivent faire la profession d'un homme du tiers Estat, qui a des biens & de l'esprit au dessus de ceux de sa condition : s'il a l'ame moins haute, le trafic est un autre moyen de faire sa fortune. J'ay souvent remarqué avec des gens de sens, qu'il est assez rare de trouver des hommes qui se soient enrichis par l'excellence des Arts qu'ils ont possedez. Les grands Peintres, & les fameux Statuaires, ont tiré plus de gloire que de profit de leurs Ouvrages. Les rares joüeurs de Luth, & les grands Musiciens, passent leur vie à divertir les curieux, & laissent d'ordinaire échapper les occasions de faire leur fortune.

Je dis cecy pour faire voir
que les Roturiers ne font pas
mal-heureux dans leur condition , puis qu'ils ont une infinité de moyens pour la rendre
meilleure. Je ne parle point
des Financiers , ny des Parti-
fans , s'ils ne tiennent le chemin le plus jufte, au moins fuis-
je affeuré que c'eft le plus court
& le meilleur. Ce font des
potirons qui croiffent en une
nuit, leurs progrez vers les ri-
cheffes a quelque chofe de la
nature des enchantemens ; le
peuple les hait , les blâme &
les maudit ; mais avec tout
cela ils fe font grands Seigneurs ; & s'il arrive que leurs
enfans ayent de l'efprit , ils
les avancent dans les belles
Charges , ils les allient dans de
bonnes Maifons , ils prennent

le nom d'une belle terre, le temps efface celuy de leurs Peres, & les peuples oublient les maux qu'ils en ont souf-ferts.

Mais je ne puis considerer qu'avec déplaisir la posture d'un Cadet de bonne maison, qui à l'ame naturellement belle & genereuse, reduit à chercher sa fortune & son établissement, sa qualité qui semble faire toute sa gloire, est un embarras qui s'oppose à son bonheur, & qui luy ferme les voyes que les Loix ouvrent aux Roturiers pour acquerir du bien. Je trouve entre autres celle-là bien dure, qui luy défend le trafic; il me semble qu'elle est fondée sur des principes bien foibles pour estre si absoluë. Car pour défendre une chose, il faut qu'elle soit mau-vaise

vaise de soy, ou du moins qu'elle produise de mauvais effets.
Et peut-on blâmer le commerce
comme vitieux , sans offenser
toutes les Nations du monde ?
Est-il rien de plus solidement
étably parmy les hommes ? &
auec un consentement plus
universel ? L'utilité en est si
grande , qu'on ne le sçauroit
abolir, sans troubler toute la
societé de la vie civile. C'est luy
qui peuple les grandes Villes,
c'est luy qui cause la richesse &
l'abondance dans les Estats, qui
entretient la Paix entre les
Etrangers, & qui nous fournit
tous nos besoins. Sont-ce là
des effets indignes de l'employ
d'un Gentil-homme ? Que si
l'on veut rétraindre la Noblesse à la seule profession des
armes , est-il rien qui s'y ac-

H

commode si bien, que le trafic ?
Ces deux choses jointes ensemble, ont fait éclater la vertu de
plusieurs grands hommes dont
la memoire ne peut jamais
mourir. Voyons-nous rien de
plus hardy que les Voyages
de Paul Dervis , de Drac ,
& de Magelan ? Lisons-nous
des entreprises plus déter-
minées que celles de Pacheco,
d'Albuquerque , & de Soa-
res, dans le Nouveau Monde;
Si ces illustres Marchands
ne l'avoient découvert , se-
rions-nous pas aujourd'huy
privez des plus belles choses
dont nous joüissons dans l'Eu-
rope ? Ont-ils pû former de si
grands desseins , sans avoir
l'ame haute ? & les auroient-
ils fait reüssir si heureusement,
si leurs courages n'avoient

esté au dessus des plus grands
perils, & leur constance à l'é-
preuve des plus extrémes difficultez ? est-il un moyen plus
propre pour porter la gloire & le nom de nos Roys jusqu'à l'autre bout du Monde ?
La Republique de Venise, qui
subsiste depuis plus de douze
cens ans, a toûjours conside-
ré le Commerce comme la baze
qui souftient sa grandeur.
Quoy qu'elle soit gouvernée
par les Nobles, elle ne l'a pas
banny d'entr'eux ; & cette
sage politique luy a si bien
reüssy, qu'elle l'a mise en état
de se soûtetir toute seule contre la plus redoutable Puissance du Monde. C'est sur ce
mesme fondement que les
Holandois ont érigé en Republique leur petit coin de

terre, & qu'ils ont si bien dif-
puté leurs interests, que la
Maison d'Autriche toute puis-
sante quelle est, se voit aujourd'huy contrainte de traitter avec eux comme avec des
Souverains, & de renoncer à
tous droits de Superiorité.
Cét Estat Democratique gou-
verné par de bons Marchands
a-t'il pas donné assez de preuves par ses conquestes en divers lieux, qu'un Gentil-homme peut bien estre Marchand,
puis qu'un Marchand égale
sans effort les belles actions
d'un Gentil-homme. Que si
cette profession est au dessous des Nobles, qu'il leur soit
honteux de la suivre, pour
quoy servent-ils dans les Armées de ces Marchands qu'ils
reconnoissent comme leurs

Maiftres, & dont ils reçoivent
la folde ? N'y a-t'il pas de l'extravagance, d'obeïr aux Indes,
& en Holande, comme Mai-
ftres, à ceux que nous n'eftimons pas nos égaux en France ?
Que les Loix faffent ce qu'il
leur plaira, le Commerce eft fi
neceffaire, qu'elles ne fçau-
roient empefcher perfonne d'e-
ftre Marchand. La relation eft fi
jufte entre le vendeur & l'ache-
teur, que fi vous oftez l'un, vous
détruifez l'autre. Quand un
Maquignon me vend un che-
val, il n'eft pas plus Marchand
pour me l'avoir vendu, que
moy pour l'avoir acheté. Et
fi je vends le bled de ma terre,
ou les moutons de ma berge-
rie, je fuis Marchand de bled
& de Moutons, puis qu'enfin
on appelle ainfi ceux qui ven-

dent & qui achetent. On me
dira que la neceſſité veut que
nous convertiſſions en argent
les fruits de nos domaines,
pour avoir les autres choſes
qu'ils ne produiſent pas. Je
l'avoüe ; mais y a-t'il quelque
choſe de plus vilain, de revendre le bled que j'auray acheté
de mon voiſin à bon marché
pour y gagner, qu'à me défaire
de celuy qui croiſt chez moy,
pour en avoir de l'argent ? Il
faudroit que les fruits chan-
geaſſent de condition dans les
Terres de la Nobleſſe, & que
la Nature leur donnaſt quelque prerogative ſur ceux des
Roturiers pour y trouver cette
difference, qui n'eſt qu'un effet
de noſtre grippe. Cependant
on ceſſe d'eſtre Noble, ſi-toſt
qu'on commence d'eſtre Mar-

chand. Et nos couſtumes ne ſe
contentent pas d'attribuer aux
aiſnez le plus grand bien des
Maiſons ; mais aprés avoir rendus les cadets pauvres, elles leur
denient encore le pouvoir d'acquerir ce qu'elles leurs ont oſté.

---

## Ce que doit pratiquer un Gentil-hom-me qui cherche ſa fortune dans la Guerre.

DE dire que les chaſſer de
lers maiſons, eſt un moyen
de les envoyer à la guerre, la
conſequence n'eſt pas toûjours
vraye : tel vit mal-heureux dans
la Province & ſerviroit en homme de cœur à l'Armée, s'il avoit
de l'équipage & du bien pour
y ſubſiſter : la pauvreté a je n e
ſçay quoy de peſant qui abat
le courage de quelques-uns, &

defefpere les autres. Ceux à
qui la naiffance & la nourriture
ont hauffé le cœur, ne fe refou-
dent qu'avec une extréme
peine à fe faire Soldats fous des
Capitaines, qui bien fouvent
ne les valent pas. Cette voye
de faire fortune eft longue, pe-
nible & incertaine, mais neceffaire à ceux qui n'ont jamais
connu les Lettres, & ne fe
font pas rendus fort adroits
dans les exercices. Je confeillerois à un Gentil-homme qui
en eft là reduit de rechercher les bonnes graces d'un
Officier confiderable de l'Armée, qui devienne fon Protecteur : c'eft accourcir le chemin qu'il doit tenir pour arriver aux Charges militaires,
fans lefquelles je l'eftimerois
tres-mal-heureux de fervir : la

valeur n'aime point la preſſe, elle veut le grand jour pour ſe faire voir. J'ay connu des ſoldats qui avoient fait des choſes hardies au dernier point, dont on ne parloit pas hors de leur Compagnie. Le but d'un Gentil-homme ne doit pas eſtre ſeulement d'acquerir de l'eſtime, mais encore de faire ſa fortune par ſon épée. Auſſi ne doit-il rien oublier pour obtenir les Charges qui l'exposent à la veuë de tout le monde, afin que ſa valeur ſe faiſant connoiſtre, il puiſſe aſpirer aux récompenſes qu'il aura meritées. Le ſecret eſt de s'appliquer fortement à ſon meſtier, ſe perſuader qu'il peut obtenir les premiers emplois en paſſant par les degrez ; apprendre les ordres generaux &

H v

particuliers ; remarquer soigneusement le campement de l'Armée, les délogemens, les ordres de bataille, l'attaque des Places; se trouver avec les Ingenieurs aux circonvallations, à la construction des fortins, à l'ouverture des tranchées ; entrer dans les mines & fourneaux, s'instruire de tout ce qui concerne l'Artillerie, suivre les Officiers generaux lors qu'ils vont reconnoître les Places qu'ils veulent attaquer, ou les lieux par lesquels l'Armée doit marcher, se donner avec soin à la Geometrie & aux Fortifications, & joindre la Theorie à la Pratique ; & pour s'en bien servir, s'accoûtumer à penser que la mort n'est pas un mal, qu'elle trouve aussi infaillible-

ment les poltrons que les gens
de cœur, & qu'efin ce n'eſt
qu'un moment qui termine
nos craintes auſſi bien que nos
eſperances. Quand il ſera par-
venu à la charge de Capitaine, il la doit regarder comme un degré pour monter à
celle de Meſtre de Camp, &
ſe propoſer d'aller juſqu'où
la ſuffiſance & la valeur peuvent mener un Gentil-homme,
mais fonder toutes ſes eſperances ſur les connoiſſances
qu'il aura acquiſes, & qui le
peuvent rendre digne d'une
bonne fortune. L'Ignorance
empeſche ſouvent un Soldat de
ſe propoſer un grand em-
ploy; il faut ſçavoir la fonction
de Capitaine pour ſouhaitter
de le devenir avec juſtice.
Quand nous ſentons nos for-

ces, noftre ame a je ne fçay
quoy de vigoureux, qui nous
fait embraffer les moyens de
nous élever. Elle prend une
fierté avec laquelle elle fur-
monte les difficultez qu'elle
rencontre ; elle s'arme d'une
conftance qui luy fait méprifer
également les fatigues & les
perils. Sans mentir c'eft un
puiffant acheminement aux
chofes difficiles, que de vou-
voir déterminément ce que
nous entreprenons, & le feul
moyen qui réunit les forces
de noftre efprit, & le rend fer-
tile en inventions ; de là vient
cette hardieffe accompagnée
d'une certaine confiance de
reüffir dans nos deffeins, que
les fages eftiment fi neceffaire,
& que la Religion mefme demande pour faire des miracles.

C'eſt ſur ce grand fondement
que le grand Pompée diſoit
qu'en frappant du pied il feroit
ſortir des ſoldats de la terre,
& que Ceſar mépriſant les plus
violens efforts de la Mer & des
vents r'aſſuroit ſon Pilote, en
luy diſant qu'il portoit Ceſar
& ſa fortune. L'audace & la
conſtance ſont neceſſaires à un
homme de guerre, l'une af-
fronte & cherche les perils,
& l'autre ne s'ébranle point
des mauvais accidens qui la
perſecutent. Les grands Hommes ont tous eſté hazardeux.
Alexandre entreprit la conqueſte du monde avec tren-
te mille hommes, Ceſar avec
quarante mille emporta la Ville d'Alexia dans les Gaules,
deffenduë par quatre-vingts
mille combattans, & ſecou-

ruë par deux cens mille Soldats de cette Nation. Edoüard
défit une Armée de quarante
mille hommes avec sept mille
Anglois , & prit nostre Roy
Jean prisonnier ; & le Roy
Gustave de nos jours descendit
en Pomeranie avec huit mille
Suedois, pour combattre toutes les forces de l'Empire. Ces
grands succés ne font pas toûjours des effets de la Fortune ,
la vertu de ceux qui font les
entreprises y a souvent la meilleure part, & c'est avec bien de
l'apparence qu'elles font fon-
dées sur quelque raison. Comme les grands hommes penetrent plus profondement les
causes des choses , ils décou-
vrent la possibilité de leurs
effets qui estoient enveloppez
sous des apparences toutes

contraires. De ces prodigieux
exemples, l'on peut defcendre à
des raifonnemens particuliers,
& dire qu'un Gentil-homme,
aprés s'eftre acquis les fciences
neceffaires à fa profeffion, doit
toûjours afpirer aux grands emplois, & avoir plus d'ardeur de
les meriter, que de foin de conferver fa vie. S'il les regarde
comme le terme de fes efperances, il ne peut vivre fans les
obtenir de la Fortune, & ne
vieillira point dans l'Armée fans
Charge & fans honneur, parce
que fon courage le follicite
d'entreprendre,& qu'il méprife
les perils & les autres obftacles
qui s'oppofent à fes deffeins.

*Que la fortune d'un Gentil-homme dépend du bon ou mauvais choix qu'il a fait en se donnant à un Maistre.*

QUe si la Paix est si univer-selle, qu'il ne puisse avoir d'employ dans les armes, & que la necessité de ses affaires, ou la passion d'augmenter sa fortune, le chassent de sa maison pour se donner à un Mai-stre; il est indubitable que le progrez de ses services dépen-dra du choix qu'il aura fait. C'est s'embarquer dans un mau-vais batteau, que de suivre un Seigneur inutile à sa fortune. Pour faire ce discernement, il faut étudier ce qu'il peut & ce qu'il vaut; je veux dire que s'il est sans employ & sans suffisance, il n'est pas propre

à rendre un Gentil-hôme heureux. C'est raisonner sottement
de se persuader, qu'estant riche
il le recompensera: jamais habile homme n'a fondé sa fortune
sur la bourse de son Maistre. S'il
est grand Seigneur, sa qualité
l'oblige à de grandes dépenses,
& consequemment le met mal
en estat de faire des presens assez considerables pour enrichir
un Gentil-homme; & s'il n'est
pas riche, on ne doit rien attendre de son impuissance. La Liberalité est une Sainte qui n'a
guere d'Autels dans le monde,
& la pluspart des grands Seigneurs la connoissent moins
que les Particuliers. Le respect
qu'on leur rend dés leur naissance leur persuade que tout
est fait pour eux, ils reçoivent
les services comme des debtes

qu'on leur paye , & non pas
comme des presens qu'on leur
fait; ils croyent que leur pain
rend esclaves ceux qui en man-
gent , ils exigent des respects
aussi insupportables à **ceux** qui
les rendent , qu'ils sont justement rendus à ceux qui les reçoivent, & la qualité de dome-
stique leur fait d'ordinaire oublier le merite de ceux qui les
servent. Ils ne se contentent pas
de les traitter avec indifferen-
ce; mais ils les reduisent encore
quelquefois à deferer à des gens
de peu qui n'ont rien de recom-
mandable, que le bien qui les
exempte de vivre en sujetion.
On les voit debout & découverts derriere ceux à qui leur
Maistre ordonnera de s'asseoir
& de se couvrir. On a de la
peine à les discerner en cette

posture avec des Valets de
Chambre, & quelquefois on les
goufpille comme des Faquins.
Il eft mal aifé qu'un pauvre
Gentil-homme fe pare de ces
fâcheux accidens. La fujetion
eft un mal qui entraifne une
infinité d'autres aprés elle, &
je ne m'étonne pas fi elle eft fi
incompatible avec le merite &
la vertu. Les Romains ont
combattu fix cens ans pour la
liberté, & les Suiffes, & les
Hollandois ont tout ofé pour
l'acquerir. J'eftime qu'elle eft
le fouverain bien de la vie,
quand la fortune nous en laiffe
joüir fans neceffité & fans ambition. De là je conclus qu'il
ne la faut jamais engager, qu'-
avec apparence de la reprendre
un jour utilement, aprés avoir
fidelement fervy.

*Qu'il doit établir son estime dans l'esprit de son Maistre avant que d'entrer en son service, & comme il s'y doit conduire.*

IL est difficile qu'un tel dessein reüssisse sans le secours de nos amis, d'autant que nostre estime doit estre connuë devant que nostre personne, & qu'il est toûjours avantageux de se faire desirer; c'est par cette belle porte qu'il faut faire son entrée dans les maisons de qualité, & c'est en cela que nos amis nous rendent de bons offices, lors qu'ils font une belle peinture de ce que nous sommes & de ce que nous valons. Ce n'est rien d'avoir du merite si nous manquons d'adresse pour nous en acquerir la reputation. Les vertus cachées sont des tresors qui n'enrichiſſent personne ; pour les découvrir avantageuſement, il faut gagner l'amitié de ceux qui ont plus de creance dans les Provinces où l'on veut s'établir. Parmy la Nobleſſe, il y a toûjours quelque homme ſage & plus ſpirituel que les autres; dans le Clergé, des ſçavans qui ſe meſlent d'inſtruire ; & dans les Villes des Officiers eſtimez & en credit : quand une fois nous nous ſommes produits à eux, & qu'ils nous ont jugez dignes de leur approbation, il eſt indubitable qu'ils nous donnent celle meſme de ceux qui ne nous connoiſſent pas. Leurs témoignages & leurs rapports nous font paſſer pour ce que nous ſommes, & dans peu de temps ils étendent noſtre reputation par tout une Province. Le peuple qui n'examine rien, s'émeute bien-toft avec ceux en qui il a creance; & comme noftre eftime n'eft formée que par le nombre, & que nous n'avons pas lieu de nous produire en public, la Prudence veut que nous nous fervions de ces trompettes qui publient nos bonnes qualitez. Ainfi l'efprit des hommes eftant avantageufement prevenu de ce que nous valons; un Seigneur qui entend fes interefts fe croit auffi obligé de nous avoir, que nous de le fervir; une autre raifon eft qu'un chacun fe confidere avant toutes chofes, & qu'il y a de la gloire & de l'utilité pour luy de fe fervir d'un habile homme, & particulierement s'il a de grands emplois, d'autant

qu'eftant obligé de donner
beaucoup de commiffions qui
dépendent de fon miniftere, il
prend plaifir à les confier à des
perfones intelligentes qui en
puiffent rendre bon compte ; de
forte qu'il en arrive une certaine liaifon entre le Maiftre & le
fuivant, qui produit d'ordinaire
de l'amitié dans l'un , & de l'utilité pour l'autre. Si nous nous
acquittons dignement d'un employ mediocre , on fe refout
fans peine à nous en donner un
plus grand ; les emplois font
enchaifnez les uns dans les autres, noftre fuffifance & noftre
conduite font tourner la roüe
qui les éleve en noftre faveur,
& nous devenons riches
fans appauvrir nos Maiftres.
Leurs Minifteres reffem-
blent aux flambeaux , qui en

allument plusieurs sans rien diminuer de leur chaleur, ny de
leur clarté. Nostre fidelité &
nostre affection jointes à la reconnoissance des biens qu'ils
nous ont procurez, leur donne de la joye de nostre fortune;
ils la regardent comme une de
leurs plus belles productions,
sans se lasser de nous donner
les moyens de l'augmenter,
d'autant qu'elle leur apporte
de la gloire, & qu'elle ne leur
couste rien. L'experience nous
apprend qu'il n'est point d'homme absolument des-interessé,
& que les plus genereux ne le
font jamais jusqu'au poinct de
faire le bien pour la consideration de la seule vertu. Aussi les
Sages pour obtenir quelque
chose, trouvent-ils tousiours
les moyens d'interesser les biens

facteurs

facteurs dans leur propre actió. Les Païsans mesmes qui ne suivent que les lumieres de la Nature , se voyant également destituez de pouvoir & de merite ont recours aux presens, pour se rendre favorables ceux dont ils ont besoin ; ils sçavent par experience qu'ils excitent la charité ; & s'il m'est permis de le dire , les prieres pour les vivans & pour les morts, ne seroient pas si frequentes , si nos liberalitez n'y engageoient ceux qui les font. Par ce discours nous voyons qu'il n'y a que les services que nous rendons aux Seigneurs employez , qui nous puisse estre utile , & que les autres sont incapables de rien faire pour nous. Le temps que nous passons aupres d'eux , ne sert qu'à nous conduire à une

I

mal-heureuse vieilleſſe , pleine
d'incommoditez & de cha-
grins. Si nous tombons dans
cette faute, plaignons nous de
noſtre ſotiſe , & n'en accuſons
point noſtre fortune. Si nous
avions aſſez, de ſens pour penetrer les cauſes , nous en devi-
nerions les effets , & n'en at-
tendrions rien au delà de ce
qu'elles peuvent produire naturellement.

---

*Il vaut mieux ſervir un Maiſtre*
*habile homme , qu'un Maiſtre*
*de peu de ſens.*

IL ſe trouve de certaines erreurs qui ſe ſont acquiſes une
telle authorité par le nombre
de ceux qui les ſuivent, que les
ſages meſmes ont de la peine à
s'en developer. Qu'un particulier conſulte ſes amis ſur le

choix d'un Maiftre, ils luy diront qu'un habile homme
( comme je fuppofe qu'il eft )
feroit heureux d'entrer au fervice d'un Prince ou d'un grand
Seigneur fort riche & de peu
de fens, qu'infailliblement il
s'empareroit de fon efprit, qu'il
deviendroit maiftre de fes affaires comme de fa conduite ;
que toute fa maifon dépendroit
de luy, qu'il difposeroit de fon
bien & de fon authorité, &
qu'enfin il ne luy manqueroit
que le Nom & les Armes de fon
Maiftre, pour fe dire patron ab-
folu de toute fa famille. J'avoüe
que cette propofition a d'abord
quelque chofe de riât ; mais que
l'on leve le voile, & qu'on l'e-
xamine de prés, l'on tirera des
confequéces toutes contraires.

Il n'y a rien de fi oppofé à un

habile homme, qu'un ignorant,
& confequemment de plus incompatible : le propre d'un
foible eft de fe défier, ou de
craindre un plus habile que luy.
Celá fupofé, je ne voy point
d'amitié à former entre deux
fujets fi differens: que s'il arrive
que par la vertu fecrette de
quelque fimpathie, ce Seigneur
ait de l'inclination pour ce particulier, & que ce mouvement
incomprehenfible de fon ame
le rende maiftre de fon cœur,
dépofitaire de fes fecrets, il
ne fera pas long-temps qu'il ne
fe fouvienne qu'il eft comme en
tutelle, & que la jaloufie de fa
fuperiofité ne luy faffe changer
de fentiment Les lumieres de
fon Confeiller l'éblouïffent
plus qu'elles ne l'éclairent; fes
raifons le cabrent, & ne le per-

suadent point ; son merite luy
devient à charge , & son estime
luy déplaist : il s'imagine qu'on
luy attribuë les bons succés de
ses affaires , il le veut rendre
responsable des évenemens de
ses conseils ; s'ils ont d'heureu-
ses suites , il se les attribuë ; &
s'ils en ont de fascheuses , il ne
s'en prend qu'à luy. Cet employ est trop difficile pour ce
qu'il vaut ; & j'estime que s'y
pouvoir soutenir , est avoir atteint le souverain point de la
prudence humaine : que si par
son adresse il luy fait éviter
quelque dangereux pas , qu'il
ne s'imagine pas qu'il luy en
sçache gré ; c'est un aveugle
qui ne comprend rien à la force
de ses conseils , & qui ne voit
jamais l'importance des services qu'il luy rend. Il n'est rien de

ſi difficile que de prendre ſes meſures avec luy , la prudence la plus éclairée n'y marche qu'à tatons , & ſon adreſſe ne porte point de coups infailli-bles , parce qu'il ne riposte qu'à contre-temps.

De croire qu'il en puiſſe eſperer un grand avantage, quand meſme il auroit acquis toute la creance qu'il ſouhaiteroit dans ſon eſprit , c'eſt une erreur qu'il faut rejetter comme tres-dom-mageable. Les hommes de petit ſens ne ſont pas capables des grandes vertus. Il n'appartient point aux ames foibles ou vul-gaires de faire des efforts qui les élevent au deſſus des autres hommes. Les vertus ſont des habitudes de l'ame , par leſ-quelles noſtre intellect eſt ren-du propre à bien concevoir &

à bien agir ; & celuy qui n'a
guere d'esprit, n'estant pas capable de bien raisonner, l'est
aussi peu de bien faire. Si cette
proposition est fausse, il faut
renverser le fondement de la
Morale ; & si elle est vraye,
que doit-on esperer d'un homme qui ne peut estre liberal,
puis que la liberalité est une
vertu dont l'acquisition sur-
passe les forces de son esprit, &
qu'elle est d'autant moins de sa
portée, qu'elle est contraire
aux sentimens du vulgaire, de
qui la plus forte passion est de
posseder du bien, & de n'en
donner jamais ; & en effet, la
liberalité est l'effort d'une ame
qui a en elle les semences de
toutes les autres vertus. Elle est
si noble, qu'elle semble n'estre
faite que pour les Heros, elle

I iiij

preside comme un Reine dans
les grands courages , elle tient
à sa suite la Justice & la generosité , & devant elle marche la
Prudence le flambeau à lamain
qui l'éclaire & qui la conduit.
Quand l'on connoist son origine , on ne s'étonne plus si elle
fuit les ames ordinaires ; donner sans jugement , n'est pas liberalité ; il faut sçavoir discerner la valeur de ceux sur qui elle
s'exerce : cette Vertu est sœur
de la Charité , l'une récompense le merite des vertueux,
& l'autre soulage la misere des
affligez.

Au contraire , lors qu'un habile homme tombe entre les
mains d'un Prince sage & intel-
ligent , il ne peut jamais manquer de satisfaction. C'est le
propre des choses homogenes

de s'unir, nous aimons naturellement ceux qui ont des inclinations pareilles aux noſtres, &
qui ont du rapport avec nous.
Un homme ſçavant ſe plaiſt
avec les gens de lettres, un
homme de guerre avec les ſoldats, un Marchand avec ceux
qui trafiquent. Il n'y a que les
eſprits univerſels agreables à
tout le monde, parce qu'ils ont
l'avantage de ſe transformer
ſans peine comme des Pro-
thées, qui ſont Juriſconſultes
avec les Advocats, Theologiens
avec les Docteurs, Capitaines
& Ingenieurs avec les gens de
guerre ; de ſorte qu'ils ſemblent
eſtre nez pour toutes les profeſſions de la vie civile. Ces eſprits
ſont rares, auſſi ne les ſçauroit-
on aſſez eſtimer ; mais quoy
qu'ils ayent receu de la nature

I v

ces difpofitions admirables pour acquerir un merite extra-ordinaire, ils ne l'ont pas eu fans d'extremes peines. Il a fallu de longues études, de frequentes fpeculations, de belles confe-rences, de penibles voyages, s'expofer à bien des perils, & avoir une experience confom-mée de toutes les profeffions du monde; & pour atteindre à ce poinct là, c'eft aller bien vifte quand on y arrive à l'âge de cinquante ans.

*Que les fciences fublimes nuifent plus qu'elles ne fervent à un Gentil-hom-me qui porte l'épée, ce qu'il doit fçavoir, & que l'application eft ne-ceffaire pour bien reuffir en toutes chofes.*

LEs Sciences ont quelque chofe de l'hydropifie: elles

alterent ceux qui les aiment, &
les enflent quelquefois. Plus on
fçait, plus on veut fçavoir : Les
connoiffances font tellement
enchaifnées les unes dans les autres, que la premiere attire la fe-
conde, & celle-cy les autres qui
la fuivent. Cela fe fait parce que
nous ne connoiffons rien que
par nos fens, qui nous prefen-
tent fucceffivement les images
des chofe. Auffi Platon affeu-
roit-il que nos ames font naturellement fçavantes, & que les
objets qui nous envoyent leurs
images, fervent à déveloper les
notions confufes que la nature a
mifes en nous. Comme quand
on nous prefente deux chofes
de mefme matiere, de mefme
forme, & de mefme poids, nous
difons qu'elles font égales ; &
ce rapport qui fe trouve entre

nous fait souvenir & conclure
tout ensemble , qu'il y a un
terme universel qui s'appelle
égal ; & quand nous voyons des
choses qui nous paroissent belles , nous pensons qu'il y a un
terme qui s'appelle beauté ; ces
illations & ces consequences ne
se peuvent faire que par des
gradations successives qui nous
menent d'une connoissance à
l'autre ; & comme elles remon-
tent vers les termes universels
elles emportent nostre intelligence si loin , qu'elle ne trouve
jamais de borne à sa curiosité.

Cette proposition m'a souvent fait faire des reflexions
sur ce que les grands esprits
sont d'ordinaire plus riches
d'estime & de reputation , que
de biens de fortune ; & j'estime
que la raison est, que les puis-

fances de la plus grande ame du monde font bornées , & n'ont rien d'infiny , que quand elle fe donne à la fcience avec ardeur de la poffeder : elle s'applique avec tant d'attache à ce qu'elle fait, que fes fpeculations l'occupent toute entiere ; & tant plus elle a de force & de lumiere, tant plus elle fait d'abftraction d'avec la matiere , en fpiritualifant les objets de fa connoiffance : de là vient qu'eftant montée au deffus des chofes purement materielles, elle trouve des charmes dans fes fpeculations, qui l'empefchent de defcendre pour reduire en pratique les chofes qu'elle a conceuës. La foutane à ces grands efprits eft incomparablement plus propre que l'épée, parce qu'elle leur four-

nit une infinité de moyens de
se faire admirer; la Chaire les
fait suivre de tout le monde, &
l'on ne voit guere un grand Pre-
dicateur vieillir sans Benefice;
le Barreau leur peut aussi estre
tres-utile. L'estime & le bien
accompagnent toûjours leur
éloquence; ils ont de plus la
satisfaction de parler devant des
personnes qui sçavent aussi bien
juger de leur doctrine que de
leurs procez.

Mais à le bien prendre, à
quoy sert cette grande science
à un homme de guerre, qu'à le
rendre pauvre, en l'empeschant
de s'appliquer à sa fortune?
quelle utilité tirera-t'il de la
Philosophie d'Aristote & de
Platon, ou de la Rhetorique de
Quintilien? J'approvve fort
qu'il étudie jusqu'à l'âge de

seize ou dix-sept ans ; auſſi bien
juſques-là n'eſt-il encore propre
à rien : mais quand il aura tiré
du College ce qu'un bon Eſ-
colier en peut apprendre , qu'il
partage ſon temps , & qu'il en
ſoit bon ménager , en le donnant aux exercices qui luy ſont
propres , & aux ſciences qui luy
ſont neceſſaires ; qu'il apprenne
à ſe ſervir de ſes armes & de ſon
cheval , qu'il ſçache la Geometrie , les Fortifications , la
Geographie , l'Hiſtoire Latine
& Françoiſe, qu'il apprenne le
deſſein, & s'il ſe peut qu'il ad-
joûte à la langue Latine l'Al-
lemande , l'Italienne, & l'Eſpa-
gnole. Ces qualitez ſuffiſent à
un homme de guerre , & peuvent rendre un particulier
agreable & utile tout enſemble
à un grand Seigneur. Les Scien-

ces sublimes sont trop longues
& trop difficiles , & j'ose dire
qu'elles nuisent plus qu'elles ne
servent à qui ne veut pas porter
la soutane, d'autant comme j'ay
dit qu'elles sont incompatibles
avec l'application aux choses
qui le rendent excellent dans
sa profession , & qu'estant au
dessus de la portée des grands
Seigneurs, ils n'en font point
de cas , parce qu'ils ne se donnent jamais la peine de les apprendre.

Et en effet l'application dont
je parle est si necessaire à un
chacun dans sa profession , qu'il
est impossible d'y reüssir autrement ; car comme les facultez
de nostre ame sont trop foibles
pour embrasser plusieurs choses en mesme temps , elles sont
assez fortes pour en pratiquer

une seule, & particulierement lors qu'elle suit son inclination naturelle. La preuve de cecy se fera plus clairement par la consideration d'un esprit mediocre qui n'a point d'autres lumieres, que celle de la Nature & du sens commun. Qu'un Bourgeois se mette à la teste de devenir riche par le trafic, il apprendra le calcul, & la valeur des marchandises, il s'informera de celles qu'il peut acheter à bon marché en un lieu pour les revendre plus cher en un autre. Toutes ses pensées seront pleines de ces remarques, ses raisonnemens ne tireront point d'autres consequences dans ses entretiens, ses conversations ordinaires seront avec ceux de sa profession, il ne s'embarassera point dans la subtilité des

argumens de l'Ecole , il n'ira
rien chercher dans l'hiftoire
d'Alexandre, ny dans les Com-
mentaires de Cefar. Pour toute
Biblioteque il aura fes heures
pour prier Dieu , & fon Alma-
nach pour fçavoir les Foires. Il
mettra en ufage une prudence
mediocre pour éviter les mauvaifes rencontres , & fe donner
de garde des filoux & des ban-
queroutiers ; il fe propofera
une fidelité incorruptible pour
acquerir du credit , & enfin il
deviendra riche avec le temps
fans l'aide d'aucune fcience,
que de celle qu'il aura apprife
de fa propre raifon & de fon
experience. Un Païfan moins
fpirituel encore qu'un Bourgeois , qui eft né la charuë à
la main , & n'a jamais appris
qu'à cultiver la terre , & à

nourrir du beſtail, fera plutoſt
fortune en prenant une ferme,
qu'un Philoſophe avec tous ſes
raiſonnemens & ſes admirables
ſpeculations. De cecy l'on peut
conclure que les grands eſprits
ny les grandes Sciences, ne ſont
pas neceſſaires à l'acquiſition
des biens de la Fortune, que les
mediocres y ſont ſans compa-
raiſon plus propres , & que le
ſecret conſiſte à bien choiſir ſa
profeſſion , & s'y donner tout
entier , & ſans interruption.
Les grands & ſublimes Genies,
ſont comme les diamans que
tout le monde eſtime pour leur
éclat & pour leur rareté, mais
qui ne ſervent jamais que d'or-
nement. Ariſtote dit qu'ils ne
ſont bons que pour eux , & les
trouve mal propres au Gouvernement des Republiques, parce

que leur élevation n'a point de
rapport à la foiblesse des autres
hommes, & conséquemment
ils ne peuvent concevoir de
loix qui s'accommodent à leur
infirmité. Or s'il les exclud du
Gouvernement pour cette cause, je puis plus justement dire,
qu'ils sont encore moins capables d'obeïssance & de sujetion, & que mal à propos ils
rechercheroient la fortune à
la suite des Princes & des
grands Seigneurs. Ce n'est pas
pour ces gens-là que j'écris,
je sçay qu'ils sont au dessus de
mes regles ; c'est à eux à enseigner le monde, & à se nou-
rir, si bon leur semble, de raisonnemens, de conséquences,
& de speculations ; il me faut
des choses plus materielles &
plus sensibles, & qui ayent

plus de proportion à ce que je
fuis. Ie tache de détourner
mes Amis du choix des Maiftres inutiles, & à les porter à
l'étude des Sciences qui ache-
minent à la fortune; auffi n'ay-
je befoin que d'un efprit ordinaire, qui s'applique à plaire à
fon Maiftre, qui luy donne fes
avis avec tout le refpect & la
moderation qui luy eft deuë,
qui fçache executer ponctuel-
lement fes ordres, qui foit incorruptible dans fa fidelité,
qui aime fes interefts & fon
fervice par deffus toutes les
chofes du monde, qui ne faffe
rien avec chagrin, qui paroiffe
toûjours affectionné & preft
à fervir & à obeïr. Ces qualitez
tez font bien plus effentielles
que la Rhetorique & la Philofophie. Ce n'eft pas que je

fois du fentiment d'un de nos
Ducs & Pairs , qui croyoit
qu'un Gentil homme offençoit
fa Nobleffe quand il parloit
Latin. J'approuve non feulement qu'il fçache, mais de plus
j'eftime qu'il eft tres-difficile
qu'il puiffe pretendre à la qualité d'un fort honnefte homme,
s'il n'a aucune connoiffance des
bonnes Lettres. Je cherche la
mediocrité en toutes chofes,
& ne pretens point qu'il s'éleve
dans des fpeculations fi fublimes,qu'il n'en puiffe defcendre;
ce feroit entreprendre le voya-
ge du Globe de la Lune, duquel
il ne rapporteroit que les dangereufes impreffions de fes in-
fluences. Je ne puis auffi fouffrir qu'il ignore les chofes ordinaires ; car puis que fa naiffance l'expofe à la converfation

des grands Seigneurs , il doit
parler pertinemment de celles
de fa portée. Ne feroit-il pas
ridicule de mettre Neuremberg
en Italie , & Florence en Allemagne , de dire que le Bucen-
taure eft le Doge de Venife ,
que Jules Cefar & Charlema-
gne ont efté bons amis, & qu'A-
lexandre le Grand fut bien mal-
heureux de mourir fans confef-
fion ? Si l'on parle de la guerre ,
ou qu'il ait à rendre compte de
l'eftat d'un fiege , ou des circonftances d'un combat, eft-il
rien de plus honteux que d'en
ignorer les termes ? Si l'on s'entretient de la chaffe , ou des
exercices de l'Academie ; fi l'on
parle Chien ou Cheval, eft-il
pas obligé de fe taire , ou de
faire rire ceux qui l'écoutent ?
Cette forte d'ignorance ne luy

est point pardonnable ; parce
qu'il doit sçavoir ce qui touche
sa profession. Ie voudrois aussi
qu'il eust apprit les Poëtes anciens & modernes , qu'il sceut
faire des Vers en nostre Langue , pourveu que cette étude
fit son divertisement & non
pas sa passion. Cette gentillesse
d'esprit donne souvent de l'a-
vantage dans les belles conversations , & n'est pas inutile à
gagner les bonnes graces des
femme; mais elle a cela de
malheureux , qu'elle perd toute
son estime , lors qu'on en fait
une proffession ouverte & particuliere , à moins que d'y ex-
celler. Que ce soit par sottise
ou par raison , c'est toûjours
une habitude si vieille & si uni-
versellement établie , qu'on
n'en sçauroit desabuser le
                    monde,

monde, de sorte qu'il se faut
servir de ce talent avec beaucoup de circonspection : un
homme qui y a de l'inclination
& de la suffisance, est heureux
de rencontrer un Maistre qui se
plaist aux belles lettres. C'est
un moyen de le divertir agreablement, & de gagner son amitié. Il ne se trouve pas tous les
jours des occasions de rendre
de grands & importans services;
on se voit rarement en état de
sauver la vie à celuy que nous
servons, ou de negocier si heureusement ses affaires, que nostre conduite luy puisse procurer
les grands honneurs de l'Etat.
Ce sont des coups d'un bonheur extraordinaire qui n'est
pas en nostre pouvoir. Mais si
nous avons de l'esprit, nous
pouvons nous rendre agreables

par noftre complaifance, entrer
dans fes fentimens, diffiper fes
chagrins, & prevenir fes ordres
par noftre diligence. Les grands
fervices ont plus d'éclat, auffi
font-ils d'obligation, & de neceffité ; on ne fe peut difpenfer
de les rendre fans paffer pour
un fat ou pour un infidelle.

L'honneur & la Juftice qui
nous y engagent diminuënt en
quelque forte les reffentimens
qu'on en doit avoir, puis que
nous y fommes intereffez par
noftre propre gloire ; mais ces
petits foins de plaire continuels
& fouvent reïterez, font toûjours receus comme des marques de noftre inclination, &
de noftre amitié, auffi font-ils
un merveilleux progrez dans
l'efprit d'un Seigneur qui les
fçait bien connoiftre. Il eft

impoſſible qu'il ſe deffende
d'avoir de l'amitié pour nous,
puis que l'amitié eſt un mouvement de la nature, qui tire
ſon origine & ſon principe des
choſes qui nous plaiſent, & qui
ſe preſentent à noſtre jugement
ſous les apparences du bien.
Je dis que cét effet de noſtre
complaiſance eſt infaillible,
ſuppoſant toûjours que nous
avons à faire à un homme d'eſprit qui ſçait quelque choſe,
autrement nous perdons noſtre
temps & nos peines. L'ignorance à l'ame eſt comme la
ſurdité à l'oreille ; contez-luy
des merveillles, ou luy dites
des ſottiſes, vous eſtes également entendu, & également
eſtimé. L'on ne ſçauroit
avoir d'eſtime pour les choſes qu'on ne connoiſt point ;

& c'eſt le dernier malheur qui peut arriver à un honneſte Gentil-homme, que de ſe voir attaché à un Maiſtre de cette ſorte ; il vaudroit mieux avoir à démeſler avec un méchant homme ſpirituel, qu'avec un innocent : l'un ſe laiſſe toucher, ou par la conſideration du plaiſir que vous luy faites, ou par celle de quelqu'autre intereſt ; mais l'autre vous échappe quand vous le penſez mieux tenir. La prudence & la raiſon perdent toutes leurs forces avec luy, c'eſt un ſable mouvant qui ne ſouffre point de fondement ſolide ; & comme il ne diſtingue les hommes que par leur fortune & par leurs habits, on ne le doit voir qu'avec des Lunettes de Galilée.

*Qu'il doit aimer son Maistre , &*
*comme il se doit conduire avec luy.*

J'Ay repeté cecy, parce qu'il
est important d'éviter cette
sorte de sujettion , & que ce qui
me reste à dire de la conduite
d'un Gentil-homme avec son
Maistre, presupposé qu'il a fait
un meilleur choix. Il est certain
qu'il n'appartient pas à toute
sorte de gens d'avoir des liaisons
indissolubles d'amitié , ce sacré
nœud de la societé civile a besoin de beaucoup de choses dont
tout le monde n'est pas capable.
La probité en est le plus seur
fondement & le plaisir des offices mutuels & de la conversation en fait la durée aussi longue
que la vie de ceux qu'elle a unis:
je sçay bien qu'on y adiouste
l'égalité des personnes , sans la-

quelle elle a quelque chose de
défectueux, & qu'ainsi on ne
doit pas proprement appeller
amitié cette bonne volonté qui
se rencontre entre le maistre &
l'inferieur ; mais je réponds à
cela que cette inegalité de naif-
sance & de fortune n'empesche
pas la veritable amitié, pourveu
que le respect de l'inferieur y
apporte le temperament qui y
est necessaire ; ce seroit une espece de tyrannie d'aimer celuy
qu'il juge digne de ses bonnes graces, & une injustice in-
supportable de priver un particulier de la plus agreable fonction de la vie. Pour moy je
soustiens qu'on peut aimer son
maistre, & qu'il le faut mesme, si l'on en veut estre aimé :
Cela supposé, la raison veut
que les qualitez que j'ay dites

se rencontrent dans la liaison
de cette amitié , mais plus
éminemment dans la personne
du suivant que dans celle du
maistre , parce que l'un la
doit rechercher par ses services , & l'acquerir par la force
de son merite , ne la pouvant
posseder que comme une grace , & l'autre la donner comme un bienfait , qui a plus besoin de generosité que de reconnoissance : De ce principe j'infere que le suivant aura
l'esprit souple & adroit , qu'il
contribuëra aux plaisirs de son
Maistre , qu'il fera toutes les
avances pour se conformer à
ses humeurs , & n'obmettra
rien pour le servir , & pour
luy plaire. Pour y reussir ,
il a besoin de jugement pour
connoistre ce qu'il aime
K iiij

le mieux, & d'inclination pour
bien faire ce qu'il entreprend.
Le trop profond refpect n'eft
pas toûjours utile, il eft plus à
propos qu'il tienne de la raifon
que de la crainte, la qualité de
Gentil-homme ne s'accommode point avec ce vilain mouvement de l'ame qui n'eft propre
qu'à des valets. Le refpect qu'il
rend doit eftre accompagné
d'une certaine liberté qui le
faffe connoiftre pour ce qu'il
eft. Un homme de fens n'en
exigera jamais de luy au delà
de ce qu'il en doit.

J'en ay veu qui paffant dans
une autre extremité, se ren-
doient fi familiers avec des
Princes, qu'ils alloient jufqu'à
l'effronterie, c'eft une maniere
de vivre qui m'a toûjours fem-
blé fotte & ridicule, & qui n'eft

pratiquée que par des étourdis.
Ce n'eſt pas qu'elle ne reuſſiſſe
quelquefois à la Cour & dans
les maiſons des grands Seigneurs, & que ces gens là n'y
trouvent leur compte ; ils de-
mandent leurs beſoins avec tant
d'effronterie & d'importunité,
qu'on ne ſçait comment les refuſer ; & comme ils ont d'ordinaire plus de vivacité que de jugement, ils ſont d'ordinaire
grands parleurs ; & s'ils ne per-
ſuadent, au moins ils étourdiſ-
ſent : auſſi ces humeurs libres &
babillardes n'eſtant pas capables de grandes reflexions, ha-
zardent toutes choſes, & ne
ſont pas foit ſenſibles aux mépris, ny aux rebuffades. Ils s'ex-
poſent à toute heure à recevoir
des affronts, & ſi l'on les chaſſe
par la porte, ils rentrent par

la feneftre, ils ne fe tiennent jamais difgraciez. Tout ce qui s'écarte des regles de la Sageffe & de la modeftie n'eft point propre à un homme d'honneur ; fon but n'eft pas feulement de faire fortune, mais encore de conferver fa reputation ; les moyens utiles ne luy font plus permis, qund ils ceffent deftre honorables. L'on peut acquerir du bien en friponnant, fi l'on veut paffer pour un Fillou, & d'ordinaire ceux qui ont trop d'avidité pour l'argent ont peu de foin de leur eftime. Noftre ame n'eft pas capable de deux paffions égales en mefme temps. L'égalité eft contraire à leur nature, qui eft de s'emporter violemment vers l'objet qui les fait naiftre, & chacun fçait que les balances,

renduës égales n'ont plus de
mouvement. Les Sages peu-
vent avoir toute les deux,
pourveu qu'ils confiderent celles de l'honneur comme effen-
tielle & neceffaire, & l'autre
comme utile & fortuite : La
premiere ne pueut manquer fon
effet, parce qu'elle eft toute à
luy, & que fa tyrannie mefme
ne fçauroit rien extorquer de
contraire à fa vertu ; mais l'effet
de la derniere n'eft pas en fon
pouvoir, puis qu'il dépend de
fon Maiftre de luy faire du bien
fi bon luy femble : auffi voyons
nous qu'on ne pardonne pas les
fautes que nous faifons contre
noftre honneur, & qu'on plaint
aifément les mauvais fuccez de
noftre fortune.

J'ay fouvent remarqué que
les beaux Efprits, qui ont ce

K vj

feu qui échauffe, & qui éclaire
font fujets aux paffions violentes, mais ils font toûjours pancher la balance du cofté le plus
honnefte. On dit que Jules Cefar en eut deux principales,
qui furent fesMaiftreffes durant
tout le cours de fa vie, l'Amour
& l'Ambition. Jamais homme
ne fut fi coquet, & ne prit tant
de plaifir à conquerir les bonnes
graces des Dames ; mais le for-
cené defir de commander, l'emporta toûjours fur l'Amour. Il
fe fit une Idole de la gloire, à
laquelle il facrifia fes penfées,
fes veilles, fes foins, fes fueurs,
fes travaux, fes perils & fon
amour mefme. Cette paffion
regna fi imperieufement dans
fon ame, qu'elle n'y fouffrit les
autres, que comme des efclaves
qu'elle ne laiffa vivre que pour

s'en servir Pour moy je pense
que celle d'avoir de l'estime , &
de l'honneur doit tenir le premier rang dans l'esprit d'un
Gentil-homme , puis que bien
loin d'estre contraire à sa fortune , elle produit naturellement des effets qui l'y condui-
sent avec succez ; car s'il aspire
à la reputation d'un homme au
dessus du commun, il est obligé
de pratiquer les vertus qui luy
peuvent procurer cét avantage,
& cette necessité l'engage à
s'appliquer serieusement à la
science des choses de sa profession & à se conduire en sorte
qu'il ne donne aucune prise à
la médisance sur ses actions. Or
cette circonstance est si necessaire à sa fortune & à son établissement, qu'elle fait le fondement de toutes ses esperances,

puis qu'il est vray que son Maistre ne le peut aimer s'il ne l'estime, & ne le peut estimer s'il
n'est persuadé de son merite.
On me dira que la bonne opinion que nous avons des choses
ne nous oblige pas toûjours à
les aimer, & qu'un homme raisonnable demeurera d'accord
de la valeur de son ennemy sans
avoir de l'amitié pour luy, mais
cette objection n'est pas considerable au sujet que je traitte,
d'autant que nostre ennemy
peut conserver ses bonnes qualitez & mépriser nostre amitié,
& que le Gentilhomme qui sert
ne se prévaut de son merite que
pour se rendre aimable à son
Maistre : Et ainsi l'estime & l'a-
mitié se suivent comme l'ombre
& le corps, & sont toûjours in-
separables.

J'ay dit qu'il doit fuir l'effronterie, & cette familiarité ridicule qui sent un peu le bouffon.
Je ne luy conseille pas toutefois
d'estre si retenu, qu'il n'ose dire
un bon mot, s'il trouve sa place
avec discretion ; le silence est
aussi bien une marque de stupi-
dité que de respect. Il suffit
qu'il parle à propos, & ne devienne jamais importun: Il peut
entretenir son Maistre avec
quelque privauté dans le particulier, s'il juge que sa conversation luy plaise, pourveu qu'il
s'observe soigneusement en
presence des étrangers,

*Qu'il doit tascher d'estre employé à*
*traitter les affaires de son Maistre*
*dans la Cour, & pourquoy.*

LE Monde est une Come-
die, les meilleurs Acteurs
sont ceux qui representent

mieux leur rolle ; mais les plus habiles ne font pas toûjours celuy des Princes & des grands Seigneurs. Ces Perſonnages font rarement les Heros de la Piece. Dans le ſujet que je traitte le plus difficile eſt celuy de l'inferieur, il a beaucoup à faire pour eſperer quelque choſe. Ses fautes retournent contre luy, & ſes ſpectateurs font toûjours plus diſpoſez à luy nuire, qu'à le redreſſer : c'eſt pour cette raiſon qu'il doit eſtre en garde contre ſon imprudence, auſſi bien que contre la malice de ſes ennemis : Un grand Domeſtique ne peut eſtre ſans intrigue, & l'on voit rarement un Gentil-homme dans une grande maiſon à qui les autres déferent juſqu'au point de ne rien pretendre à ſes emplois.

Ce n'eſt pas aſſez de les me-
riter par preference à ſes égaux,
il eſt bon d'aider adroitement à
ſe faire rendre juſtice , je veux
dire de les demander avec ſou-
miſſion, ou de pratiquer l'amitié
des confidens de ſon Maiſtre,
pour luy faire ſouvenir qu'il
les a meritées ; il n'eſt point
de juſtice ſi exacte , ny de bonté
ſi parfaite, qui n'en vaille mieux
d'eſtre un peu ſollicitée ; il n'y
a point d'effronterie de demander de beaux emplois, quand on
ſe ſent capable de s'en bien acquitter ; on a toûjours pour
pretexte la paſſion de rendre ſes
ſervices , & de faire voir ſa fidelité. J'eſtime particulierement
un Gentil-homme heureux, d'eſtre employé par un Prince , ou
par un grand Seigneur dans les
negotiations qu'il a à faire avec

laCour. S'il a de l'esprit il fera ses
affaires avec celles de son Maistre, il y donnera de bonnes impressions de sa suffisance, & se fera un chemin à devenir quelque
chose de plus. Il est beaucoup
d'honestes gens qui ne sont mal-
heureux que pour estre inconus;
ceux qui gardent la chambre sans
entrer dans le cabinet, sont comme les ames des Limbes qui ne
vont point en Paradis. Le pas le
plus difficile est de s'y produire,
les Roys ont des yeux & des
oreilles pour tout le monde , &
leur inclination n'a rien qui la
détermine plutost pour les grands
Seigneurs que pour un Particulier. Si ceux-là tirent avantage de leur naissance, celuy-cy
en peut recevoir de ses bonnes
qualitez. La Nature n'est guere
injuste dans le partage qu'elle

fait de ſes faveurs : Elle donne
rarement un eſprit extraordinaire à ceux qu'elle fait naiſtre
au milieu de l'abondãce, & ſouvent elle ſe plaiſt à former un
habile homme avec fort peu de
bien. Diſons plutoſt que c'eſt
un effet de la ſageſſe de Dieu
qui la conduit.

J'ay autrefois oüy prouver un
paradoxe au Roy de Suede, qui
revenoit aſſez à ce que je dis.
Quelqu'un loüoit ſes grands
progrez en Allemagne, & ſoû-
tenoit en ſa preſence que ſa valeur, ſes grands deſſeins, & ſes
hauts faits d'armes, eſtoient les
ouvrages les plus accõplis de la
Providence, qui furent jamais;
que ſans luy la maiſon d'Auſtri-
che s'acheminoit à laMonarchie
univerſelle, & à la déſtruction de
la Religion des Proteſtans; qu'il

paroiſſoit bien par les miracles
de ſa vie que Dieu l'avoit fait
naiſtre pour le ſalut des hommes, & que cette grandeur de-
meſurée de ſon courage eſtoit
un preſent de la toute Puiſſance
& un effet viſible de ſa bonté
infinie. Dites plutoſt, repartit
le Roy, que c'eſt une marque
de ſa colere. Si la guerre que je
fais eſt un remede, il eſt plus inſupportable que vos maux ;
Dieu ne s'éloigne jamais de la
mediocrité pour paſſer aux
choſes extrémes, ſans chaſtier
quelqu'un ; c'eſt un coup de ſon
amour envers les Peuples, quád
il ne donne aux Roys que des
ames ordinaires. Celuy qui n'a
point d'élevation exceſſive, ne
conçoit que des deſſeins de ſa
portée. La gloire & l'ambition
le laiſſent en repos : s'il s'appli-

que à ses affaires , ses Etats en
deviennent plus heureux; & s'il
se décharge de ses soins sur quelqu'un de ses sujets , à qui il fait
part de son authorité , le pis
qu'il en peut arriver , est qu'il
fait sa fortune aux dépens de
son peuple , qu'il impose quelques subsides pour en tirer de
l'argent , & pour avancer ses
amis , & qu'il fait gronder ses
égaux , qui ont peine à souffrir
son pouvoir; mais ses maux sont
bien legers , & ne peuvent estre
en aucune consideration , si on
les compare à ceux que produisent les humeurs d'un grand
Roy. Cette passion extréme
qu'il a pour la gloire luy faisant
perdre tout le repos, l'oblige necessairement à l'oster à ses sujets : il ne peut souffrir d'égaux
dans le monde, il tient pour

ennemis ceux qui ne veulent
point eftre fes Vaffaux, c'eft un
torrent qui defole les lieux par
où il paffe, & portant fes armes
auffi loin que fes efperances, il
remplit le monde de terreur,
de mifere & de confufion. Les
conqueftes font l'effet de l'ambition, & la guerre eft l'exercice des Conquerans ; c'eft un
mal qui en traifne une infinité
d'autres à fa fuite, & qui n'en
trouve pas un qui luy foit com-
parable. La querelle de Cefar
& de Pompée, intereffa autrefois toutes les Puiffances de
l'Univers, parce qu'ils preten-
doient l'un & l'autre à la Mo-
narchie univerfelle; leurs courages furent fi pareils, & leur
vertu fi égale, que la valeur ne
pouvant mettre de difference
entr'eux, en laiffa le foin à la

Fortune. Les entreprifes des grands Princes font toûjours funeftes à leurs Sujets, leurs Lauriers font des ombres qui étouffent les autres Plantes, & ne portent que des fruits nuifi-bles. Par ce raifonnement il concluoit que la Providence qui veille fans ceffe fur nous, n'en fait naiftre que de temps en temps pour remettre les Peuples dans leur devoir, & que fa bonté paroiffoit bien plus gran-de dans la mediocrité de l'efprit des Roys, que dans leur extréme élevation.

Et moy je dis par une confe-quence pareille, que cette mef-me juftice fe remarque au par-tage qu'elle fait de fes graces dans toutes les conditions des hommes ; que comme elle ne donne à perfonne toutes les

perfections enfemble, elle n'er
fait naiftre aucun incapable de
toute difcipline, & qu'il eft bien
raifonnable qu'elle accorde
moins d'efprit à ceux qui naiffent riches, qu'elle n'en donne
à ceux qu'une condition mediocre, ou quelque accident
mal-heureux ont rendus pauvres. Les premiers n'ont affaire
que d'une conduite mediocre
pour vivre heureux, & les derniers ont befoin d'un merite extraordinaire pour acquerir ce
qui leur mâque. Un PoëteGrec
dit que le befoin éveille les
Arts, & que la Pauvreté eft la
mere des Inventions, il y a apparence que cét Autheur n'a
pas élevé fon efprit jufqu'à la
caufe premiere de cét effet. La
Pauvreté de foy-mefme ne fait
rien qui vaille, mais elle eft le
tempera-

temperament que Dieu a mis
dans l'ame de celuy qu'il a rem-
ply d'intelligence & de lumiere,
comme la foibleſſe & l'ignorance le ſont dans l'ame de celuy qu'il a comblé des biens de
fortune.

---

*Qu'il peut paſſer du ſervice d'un Sei-*
*gneur à celuy du Roy ou d'un grand*
*Prince, & qu'un Maiſtre doit trait-*
*ter un Gentil-homme avec douceur.*

J'Ay parlé dans ma premiere
Partie des merveilleux progrez que font les Gens de Qualité dans la Cour, quand leur
eſprit & leur jugement ſont me-
ſurez à leurs richeſſes & à leur
fortune. Je n'ay plus rien à leur
dire, mon deſſein n'eſtant que
d'avertir le Gentil-homme, que
comme je n'ay point donné de
bornes à ſon merite, il n'en doit

L

point prefcrire à fa fortune.
Un de nos Connétables fe trouva bien d'avoir changé de Maiftre, l'appuy du tronc eft toûjours plus ferme que celuy des
branches; il n'y a point d'imprudence de paffer de la fuite
d'un Seigneur au fervice du
Roy, ou de quelque grand Prince, pourveu que ce foit avec
bienfeance & fans infidelité.
S'il nous aime, il fera ravy de
noftre avancement, & s'il ne
nous aime point, nous ne luy
devons pas cette fotte complaifance de traifner noftre vie
fous la tyrannie de fon ingratitude & de fon injuftice. Nos
fervices doivent eftre affection-
nez & fidelles mais non pas
éternels. Noftre condition feroit pire que celle d'un efcla-
ve, fi nous eftions obligez

de tout faire pour luy , & de ne
rien faire pour nous; la Raiſon
& la Nature nous enſeignent à
ſuivre nos intereſts , quand ils
ne ſont pas contraires aux maximes de l'honneur.

Je ſouffre pour moy , d'un
grand Seigneur qui n'eſt pas né
liberal , quand il dit du bien
des ſiens qui le meritent , quoy
qu'il ne leur en faſſe point.
Ce témoignage de ſon amitié
eſt obligeant , & peut devenir
utile avec le temps ; mais je ne
voy rien de plus rare que cette
ſorte d'éloge dans la bouche
des Gens de Qualité , ils loüe-
ront plutoſt l'adreſſe de leur
cheval , que la ſcience de leur
Eſcuyer ; ſi un Gentil-homme
fait proſperer leurs affaires , ils
en attribuëront la cauſe à toute
autre choſe qu'à ſa conduite.

Cette injustice se communique
par contagion des peres aux enfans, c'est une vieille tradition,
de laquelle les Maris font un
mystere avec leurs femmes, &
qui passe pour une regle politique dans les grandes Maisons,
mais je ne puis m'empescher de
prouver que cette maxime est
pleine d'erreur & d'ingratitude,
& qu'elle ne devroit pas trouver place dans un esprit bien
fait.

Quelqu'un me niera-t'il que
la loüange & l'estime ne soient
la veritable & essentielle récompense de la vertu ? & que
les Heros ne se soient proposé
la gloire pour objet quand ils
ont entrepris d'éterniser leur
memoire par leurs belles actions ? Ciceron dit, que si la
Vertu pouvoit prendre corps

pour se presenter à nos yeux,
elle raviroit les cœurs jusqu'à
l'admiration ; & Ovide, que la
loüange la nourrit , & que la
gloire a un grand épron qui
réveille les plus paresseux ; or si
elle merite nostre estime & nos
loüanges, n'est-ce pas une erreur de croire qu'il ne faut
pas bien dire de ceux qui la
possedent ? & si l'inferieur ne
l'employe qu'à servir plus utilement son Maistre , peut-il
s'en taire sans ingratitude , &
sans méconnoissance ? Pourquoy ne prend-il autant de
plaisir à loüer le merite d'un
Gentil-homme qui le sert, qu'à
vanter ses bons chevaux, & à
décrire ses beaux meubles &
ses belles maisons ? il est maistre de toutes ces choses, mais
d'un Gentil-homme d'une façon

K iij

bien plus glorieufe que de tout
autre bien. Il ne fçauroit établir fon merite, fans faire quelque chofe en mefme temps
pour fa propre gloire. Ne luy
fera-t'il pas avantageux de faire
voir qu'il a pour domeftique
un homme digne de comman-
der à toute une Province ? &
qu'il reçoit fes fervices & les
refpects de celuy à qui perfonne ne refufe fon eftime & fon
approbation? en ufer autrement
c'eft entendre mal fes interefts,
& adjoûter l'ignorance à l'ingratitude : s'il le fait par quelque principe de jaloufie, cette
paffion ne peut eftre que ridicule , puis qu'il n'y a nulle
égalité dans leur fortune ; &
s'il craint de donner de la vanité à fon domeftique , dés là
mefme qu'il le foupçonne de

cette extravagance, il devient
injurieux, en luy imputant un
défaut dont il ne peut estre capable : Il seroit bien plus raisonnable s'il tournoit la medaille, & s'il pensoit qu'en pu-
bliant ce qu'il vaut, il l'attache d'une nouvelle chaîne à
son service, que cette preuve
de son amitié luy fait aimer sa
servitude, que c'est luy rendre
justice qu'il ne reçoit que comme une grace, & qu'enfin tout
le monde jugera qu'il cherist en
autruy le merite qu'il possede
en luy-mesme.

Je ne trouve pas étrange
qu'un esprit commun ne soit
point capable de ces reflexions,
mais je ne puis concevoir qu'un
homme de sens suive des erreurs qui ne sont authorisées
que par un tas d'ignorans qui

ne peuvent estimer ce qu'ils
n'entendent point. Je le par-
donnerois encore à quelque
Seigneur de Parroisse, qui croit
n'estre pas Maistre, s'il ne prend
un ton imperieux pour se rendre redoutable à ses Païsans, &
se faire respecter de ses dome-
stiques, qui se persuade que sa
grandeur consiste à voir les
siens à ses pieds, qui tient Cabinet sans étude & sans affaire,
qui confond la vanité avec le
poinct d'honneur, qui ne met
point de difference entre la
gloire & l'orgueil, & qui enfin
se fait une chimere ridicule de
sa qualité, qui le rend indigne
des respects & des services d'un
honneste homme. Celuy qui ne
sçait pas ce qu'il est, bien diffi-
cilement sçaura t'il ce que nous
sommes; il faut se faire justice

à foy-mefme , pour eftre capable de la rendre aux autres. La
grandeur & la baffeffe font deux
termes oppofez , mais non pas
contraires : ces deux extrémes
s'uniffent aifément par la cour-
toifie de l'un , & par le refpect
de l'autre ; un Seigneur eft auffi
obligé d'eftre civil envers
nous , que nous d'eftre refpe-
ctueux envers luy. La fierté ne
produit guere l'effet qu'elle
cherche dans le cœur d'un Gentil-homme , elle le cabre plus
qu'elle ne l'affujettit , elle
étouffe toute fon amitié , parce
qu'elle luy perfuade qu'il n'eft
point aimé , & qu'on luy fait
injuftice ; & fi la neceffité de
fes affaires , ou l'efperance de
fa fortune , l'empefchent de fe-
coüer le joug , il s'étudie plutoft à diffimuler fon reffenti-

L v

ment qu'à le perdre, & ne sert
plus qu'avec regret. Je confeillerois toûjours d'inspirer de l'a-
mour aux Gentils-hommes, &
de la crainte aux Valets. L'a-
mour dans l'ame d'un homme
d'honneur luy rend toute choses aisées, les roses qu'il ceüille
pour son Maistre, sont toûjours
sans espines; il ne craint ny les
peine, ny les voyages, ny les
dangers; il s'interesse de telle
sorte dans son service, qu'il
en fait toute sa gloire, son point
d'honneur, & sa satisfaction;
au contraire la valettaille, qui
n'a gueres de sens, n'est pas
capable de grande amitié, son
but n'estant que de vivre, &
son plaisir de ne rien faire, elle
ne se contient presque jamais
dans son devoir, que par la
crainte des chastimens. Un

homme de condition qui en
use autrement, travaille contre soy-mesme, en s'éloignant
de ses propres interests, qui
consistent à se faire bien servir.

---

*Qu'ils ne se doit pas rebuter pour la*
*mauvaise humeur de son Maistre,*
*& de l'erreur de ceux qui mepri-*
*sent la Charge de Secretaire.*

I'Ay fait cette digretion de
la conduite du suivant à
celle de son Maistre, parce
qu'il y a une telle liaison entre
ces deux, qu'il est malaisé de
separer cette matiere. Les
hommes fiers & glorieux sont
d'ordinaire incommodes & difficiles à servir ; la facilité de
lh'umeur est une marque infaillible de la bonté des mœurs.
Les coleriques sont des Lyons
L vj

toûjours travaillez de la fievre ;
& comme ils ne font guere touchez de la douceur des plaifirs,
un bel efprit ne les divertit pas.
Leur vie eft un Hyver perpetuel qui n'a pas fouvent de
beaux jours ; c'eft le temperament le plus ordinaire des gens
d'affaires , dont le propre eft de
caufer du chagrin , & ce font
les Maiftres les plus utiles. J'en
ay connu qui ont fait la fortune
de plufieurs ; ceux-là font plus
pour autruy que pour eux, parce
qu'ils donnent de fi mauvaife
grace, qu'ils perdent tout le merite de leurs bienfaits ; & fi l'on
en a du reffentiment , c'eft qu'il
feroit injufte de n'en avoir
point. Pour moy je prefereray
toûjours la reconnoiffance qui
vient de l'Amour , à celle que
produit la generofité ; d'autant

que l'un fait tout pour le bien-
facteur, & l'autre ne confidere
que foy-mefme : Il fe faut re-
foudre d'en fouffrir, quand l'on
en peut beaucoup efperer.
Quoy que le chemin que nous
tenons foit rude & difficile,
nous ne laiffons pas de le fuivre, s'il nous conduit où nous
voulons aller. Le but d'un Gentil-homme n'eft pas d'avoir tous
les plaifirs en fervant, c'eft de
faire fa fortune ; & ce feroit
eftre trop heureux, fi l'on trouvoit tous les deux enfemble.
La mauvaife humeur, & le chagrin, ne font pas incompatibles
avec la juftice & le difcerne-
ment, non plus que la bile avec
le bel efprit ; ceux-là ne laiffent
pas d'eftimer les bonnes qualitez de ceux qui les approchent,
quoy qu'ils ne s'en divertiffent

point. La fuffifance leur plaift,
à caufe qu'ils la poffédent eux-
mefmes, & qu'elle leur eft utile
dans la perfonne de leur Domeftique. Il eft bien malaifé
de conferver fa belle humeur au
milieu du tracas perpetuel des
grandes affaire, les plus belles
ames en portent impatiem-
ment le poids, & reçoivent
de fenfibles atteintes des mauvais fuccez. La multiplicité
de foins les accable, & le monde les environne de telle forte,
qu'il bouche toutes les ave-
nues à leurs divertiffemens.
Ce n'eft pas à nous à lee changer, il fuffit de leur faire connoiftre noftre capacité, & de
les perfuader de noftre affection. Leurs emplois & leurs
biensfaits, nous trouveront
auffi bien à leur antichambre,

que dans leur Cabinet , & à le
bien prendre leurs prefens val-
lent mieux pour noftre fortune
que leurs careffes.

C'eft une chofe étrange que
la tyrannie de la Couftume ,
qui nous force à fuivre le nombre , & à rejetter la raifon. Ef-
coutez parler les Nobles de
Provinces , ils demeureront
d'accord qu'un Particulier ne
peut mieux chercher fa fortune
qu'à la fuite d'un Prince ou
d'un Miniftre d'Eftat ; que les
emplois qu'il luy donne font
autant de degrez pour y monter ; qu'il doit avoir l'ame fouf-
frante , & commencer par les
moindres fervices pour arriver
aux premiers honneurs ; qu'au
fortir de Page il affaye d'eftre
Gentilhomme fervant, ou Gentilhomme de la Venerie ; mais

si on luy propose la Charge de
Secretaire, ils la tiendront au
dessous de sa condition ; ils diront qu'il ne doit porter la plume que sur son chapeau & qu'il
luy seroit honteux de laisser son
épée, pour se charger d'un por-
te-feüille. Il faut avoüer que de
pareils donneurs d'avis sont des
Juges bien competans en cette
matiere, & qu'ils sçavent ad-
mirablement bien faire le discernement de l'honneur &
de l'utilité des emplois : C'est
bien entendre le point d'honneur, d'asseurer qu'il est plus
glorieux de donner à boire à
son Maistre pendant ses repas,
que d'expliquer ses pensées &
ses intentions dans ses lettres;
qu'il est plus honorable de penser ses chevaux, & de foüetter
ses pages, que de converser

avec des Ambaſſadeurs, & d'eſ-
ſtre dépoſitaire des plus importans ſecrets d'entre la Cour &
luy; à mon avis il aura bien plus
de plaiſir de s'entretenir de ſa
Chaſſe & de ſes chiens, que de
ſes grandes Negotiations; & ſa
ſuffiſance paroiſtra bien mieux
à détourner une beſte, qu'à
mettre en ordre les affaires qui
luy paſſent par les mains. Si
l'on en conſidere l'utilité, il ne
faut que s'informer de ceux qui
ont eſté Secretaires, pour apprendre que pas un n'a jamais
manqué de fortune. Il y a certains myſteres dans l'Art, qu'il
n'eſt pas permis de reveler; il
ſuffit de dire qu'un homme d'eſprit dans cet employ n'en a jamais faute pour faire ſa fortune,
ſans bleſſer ſon honneur, ny
offencer ſa probité. C'eſt le

plus beau poſte d'une maiſon
pour acquérir des amis, parce
que les bienfaits & les graces
des Princes ne s'écoulent que
par ſes mains, & qu'il a mille
occaſions tous les jours d'obliger des perſonnes de Qualité
qui s'en reſſentent toſt ou tard.
Pour moy j'eſtime que la difficulté de ſa fonction en a depuis
long-temps exclus pluſieurs
Nobles, & que cette erreur ne
s'eſt gliſſée parmy le monde,
qu'à cauſe de leur ignorance.
Et pour dire le vray, celuy qui
ſe peut dignement acquitter
de cette charge, eſt capable de
beaucoup d'autres choſes. Il n'a
pas ſeulement beſoin de probité & de fidelité dans ſa conduite, mais il renferme en luy
toutes les qualitez d'un bel
eſprit. Il faut qu'il ſçache les

belles lettres , qu'il entende
les Langues étrangeres , & qu'il
possede toute la delicatesse de
la nostre. Il ne suffit pas qu'il
ait la conception aisée , la memoire fidelle , & le jugement
clair ; il faut qu'il ait l'expres-
sion agreable , & les termes
choisis , qui ne sentent , ny le
Pedant de l'Ecole, ny le Phœ-
bus de Nervese. J'ay toûjours
estimé que le genre d'écrire le
plus difficile estoit celuy des
lettres ; & j'ay veu avoüer à
de bons connoisseurs , que les
Epitres de Ciceron valoient
mieux que ses autres Ouvrages. La raison est qu'une let-
tre est la veritable production de nostre esprit ; qu'-
elle est la peinture vive & naturelle de nos pensées & de nos
imaginations ; & que tout

ce qu'elle a de beau ou d'im-
parfait , ne peut estre attribué
qu'à luy seul. On n'en peut pas
dire autant de nos discours ordinaires & familiers ; nos pensées qui se presentent à la foule,
ne nous donnent pas le loisir de
choisir de belles expressions.
Mais ce défaut n'est pas dans
nos lettres, nous leur pouvons
donner toutes les graces de l'é-
loquence, puis que nous avons
le temps d'apporter de l'ordre
& de la politesse à nostre stile ,
en écrivant pour les Harangues,
les Plaidoyers , & les Sermons;
ils n'ont rien de si digne de nostre estime, si l'on considere qu'-
ils ne sont tissus que de lieux
communs, de citations, d'apo-
phtegmes , d'exemples memo-
rables, de raisonnemens Philo-
sophiques , & qu'ils sont renfer-

mez dans les regles de laRheto-
rique, qui leur fournit leurs parties, leurs amplifications, leurs
mouvemens, & leurs figures.
Mais les Lettres n'ont point befoin de ces ornemens étrangers;
ce font des beautez qui nous
plaifent toutes nuës; elles com-
mencent fans Exordes, elles
fuivent fans naration, elles
s'expliquent fans artifice, elles
proüvent fans Autheurs, elles
raifonnent fans Dialectique,
elles perfuadent fans mouvemens, elles delectent fans figures, & finiffent fans peroraifon.
Il eft certain qu'elles doivent
eftre purgées de toutes ces chofes, & qu'elles ceffent d'eftre
belles fi toft qu'elles paroiffent
fçavantes & étudiées. C'eft à
mon jugement ce qui fait que
l'on voit fi peu de ces fçavan-

taſſe écrite agreablement, ils
ne ſçavent que ce que les autres
on dit : ils ont fait de leur cervelle une Bibliotheque porta-
tive, dans laquelle eſt ramaſſé
tout le Grec & le Latin de
l'Antiquité; ils ont étudié la
ſcience des autres, & n'ont pas
dévelopé celle de leurs eſprits :
ce ſont desPerroquets qui parlent comme on leur a appris ,
& qui ne diſent rien du leur :
ce ſont de mauvais ménagers
qui laiſſent leur intellect en
friche pour cultiver leur memoire ; & de mauvais François
qui ne ſçavent jamais bien la
langue de leurs Meres. Auſſi
n'eſt il rien de pitoyable comme les Lettres de ces Illuſtres
de College, vous diriez qu'ils
ont vne langue diferente de la
noſtre , & qu'ils n'écrivent que

pour n'eſtre pas entendus. La Doctrine fait tant de choſes en eux, que la Nature y eſt oubliée; & lors qu'ils n'ont plus matiere de parler Livres, ils diviennent muets ou ridicules.

## *Pourquoy nous ſommes moins ſça-vans que les Anciens.*

UN grand Homme de nô-tre Siecle, me diſoit un jour, qu'il trouvoit trois raiſons pour leſquelles nous eſtions moins ſçavans que les Anciens. Il n'attribuoit pas le defaut à l'imperfection des tems, & à la ſuite des années, il ſçavoit que les hommes ſont toûjours nez, ont toûjours vécu, & ſont morts d'une meſme ſorte, & qu'au temps d'Ariſtote & de Platon, celuy qui avoit 80. ans eſtoit eſtimé bien vieil.

La premiere de ſes raiſons
eſtoit, que nous conſommons
noſtre jeuneſſe à défricher les
Langues Grecque & Latine,
qui ne ſont pas dés Sciences,
mais des petits Tyrans qui occupent noſtre eſprit pour les
en éloiger. La ſeconde, que
nous liſons trop, & la troiſiéme
que nous ne raiſonnons pas
aſſez. Ariſtote eſtoit Grec, &
peut-eſtre ne ſçavoit-il point
d'autre Langue que celle de ſa
Nourrice, il n'a pas laiſſé de
nous apprendre la Philoſophie,
& d'eterniſer ſa memoire. De
ſon temps l'on apprenoit d'a-
bord les termes de la Gram-
maire & de la Geometrie. Ces
deux connoiſſances eſtoient ſi
ordinaires parmy ſa Nation,
qu'à toute heure il tire des conſequences ſur ces principes d'é-
numeration,

numeration, sans se donner
la peine de les expliquer, comme ne pensant pas qu'aucun
les dust ignorer. De là l'on paf-
soit à la Dialectique, & aux
autres parties de la Philosophie, qui consistoient à établir des principes certains pour
en tirer des consequences
infaillibles. Cette Science estoit
suivie des Regles de la Rhetorique, qui enseignoit à mettre en ordre ce que les autres
sciences leur avoient appri-
ses; & par de belles expressions, jointes à la grace des
figures & des mouvemens, de-
ecter l'Auditeur, & le per-
uader. L'estude de ce temp-là
stoit de resoudre des Que-
tions difficiles, de déveloper la cause des choses, d'ap-
rendre les plus sensibles par

M

les experiences, & les plus cachées par les raisonnemens.
Ils estoient mieux persuadez
par l'attouchement, que le
feu a une qualité chaude,
que par l'authorité du Phisi-
cien, qui enseigne que son
propre est d'échauffer & de
brusler.

Leurs sciences estoient sans
comparaison plus nobles que
les nostres, d'autant qu'elles
estoient plus libres : ils reconnoissent une raison demonstra-
tive pour maistresse, sans se
soumettre à la tyrannie, ny au
caprice de leurs Autheurs. Cette
methode d'étudier avoit multi-
plié les Sectes des Philoso-
phes, & chacun soûtenoit son
opinion comme il l'entendoit.
Mais aujourd'huy l'on passeroit
pour ignorant dans l'estime des

Regens de nos Univerſitez , ſi
l'on contredifoit une opinion
de leur Ariſtote ; ils font dégenerer l'étude en Religion , & la
Science en Foy ; il ſuffit de citer
le Philoſophe , pour impoſer ſi-
lence à la plus belle & plus ſaine
opinion du monde , ſi elle s'é-
carte de ſes maximes.

L'erreur de cette pratique
eſt aiſée à détruire par l'incon-
ſtance des temps. Pendant ce
luy de S. Auguſtin , l'on eſtoit
excommunié d'enſeigner ou de
lire les livres de ce Philoſophe :
les Géographes eſtoient Here-
tiques qui décrivoient nos Antipodes ; & les Aſtrologues paſ-
ſoient pour des Magiciens ,
quand-ils prediſoient les Eclyp-
ſes du Soleil & de la Lune.
S. Thomas d'Aquin , le plus clair
& le plus judicieux Eſprit du

M ij

monde , rétablit l'honneur de
ces mal-heureux ; & les tirant
des Cabinets des Curieux , où
l'ignorance les avoit releguez ,
leur rendit la liberté que les
Anathemes leur avoient oftée.
Son authorité les fit raifonna-
bles, & fa Sainteté purgea toute
leur malice dans l'opinion des
Gens de lettres. Aprés cela
jugez fi c'eft avec raifon , qu'ils
doivent fi imperieufement fe
rendre maiftres de nos fentimens ? qui nous affeurera qu'-
ils ne feront pas encore quelque jour fupprimez ? & que nos
defcendâs ne les trouveront pas
auffi foibles que nous les eftimons puiffans ? Cette incertitude de nos jugemens , marque
fans doute , & leur foibleffe &
la noftre également, & me fait
conclure avec bien de la vray-

femblançe , qu'un bel efprit
peut chercher la plus faine opinion dàs la diverfité, apres avoir
de profondes fpeculations , &
s'arrefter fans orgueil à celle
qui luy paroift la plus raifonnable & la meilleure. On me
pardonnera d'en parler ainfi ,
quand j'avouëray que je dois
plus à la Nature qu'à mes Regens, & qu'ayant paffé plus de la
moitié de ma vie dans les Armées , j'ay eu peu d'habitude
avec les livres , & ne me fuis
arrefté qu'à étudier le monde
pour fecourir mes fpeculations
de quelque legeres experiences. Cette forte d'étude m'a
appris à n'envier point l'eftime
des fçavans, & à me confoler
fans peine de n'avoir pû atteindre jufqu'au moindre rayon de
leur gloire. Je les regarde com-

me des gens qui ont beaucoup
écrit, mais non pas comme
ceux qui ne se sont jamais trompez. Je ne m'estonne point qu'ils
ayent étably leurs erreurs parmy les plus sensez, puis que les
plus sensez ne le sont pas toûjours, & que la verité qui ne
souffre ny contrarieté, ny divi-
sion, ne demeure point constan-
te parmy eux. Cette considera-
ration me fait prendre la liberté de ne m'accorder pas quelquefois avec le plus grand
nombre, & de dire suivant mon
premier projet, que j'estime
cette opinion ridicule, qui prive
un Gentil-homme de la Charge
de Secretaire; & si j'estois grand
Seigneur, je changerois cette
coustume dans ma Maison; &
en effet quelle incompatibilité
y a-t'il entre la plume & l'épée?

ſi l'on ne conteſte point qu'un
homme docte peut eſtre vaillant, demeurera-t'on pas d'accord qu'un vaillant homme
peut eſtre Secretaire ? La
Science & le bon ſens ſont-
ils moins neceſſaires pour la
conduite, que le grand cœur
pour les executions perilleu-
ſes.

---

*Qu'un Gentil-homme qui ſe ſent de*
*la diſpoſition naturelle aux Lettres*
*s'y doit donner, & que nul ne peut*
*eſtre ſçavant ſans inclination.*

JE ne veux pas nier qu'un Soldat ne ſe puiſſe paſſer de
cette politeſſe de diſcours, &
de Lettres qui ſont neceſſaires
à un habile Secretaire ; auſſi ne
regarday-je pas cét employ
comme une choſe à laquelle

toute sorte de Nobl... ...ffocer. Je pretens ... de prouver qu'il est d... ... Gentil-homme, & qu... qui se sentent affez ... & de capacité pour s'en ... acquitter, ne doivent ... mépriser. J'adjouste ... cette proposition, qu'estant question de faire sa fortune, c'est mal comprendre ses interests, que d'en refuser les voyes les plus seures, quand elles sont hono- rables; & je ne voy point de rai- son pourquoy celuy qui sçait servir un Prince dans son Cabi- net avec sa plume, ne le serve pas avec honneur de son épée contre ses ennemis. ...

J'ay dit ailleurs qu'il n'y a rien qui oblige necessairement un Gentil-homme à se rendre sçavant, s'il est destiné à la suite des armes : mais je reviens toûjours à la These generale que j'ay établie, qu'un chacun doit connoistre son inclination & les dispositions de son naturel. Ce seroit se rendre indigne des bienfaits de la Nature, si l'on ne cultivoit pas un bel esprit ; l'amour qu'elle luy inspire pour les Lettres, est une marque, que ne pouvant rien sur le destin, ny sur les loix qui le privent des biens de la Fortune, elle luy a reservé les Sciences & le merite pour son partage, il ne tient qu'à luy de profiter de ce present, qu'il doit d'autant moins negliger qu'il est impossible de l'avoir sans son secours. C'est elle qui porte le flambeau devant luy, quand il travaille à connoistre les choses obscures & difficiles, c'est elle

qui le fait admirer dans la
Chaire , c'eſt elle qui le fait
maiſtre des Conſeils, c'eſt elle
qui adoucit ſes mœurs , & qui
le rendant aimable à tout le
monde , le tire de la pouſſie-
re , pour l'élever au deſſus des
hommes.

Sans mentir ce ſeroit une Loy
bien judicieuſe & bien utile, de
ne permettre l'étude des belles
lettres & des belles diſciplines,
qu'à ceux que la Nature y a diſpoſez. Je ne crandrois pas que
le retranchement d'Eſcoliers
diminuaſt le nombre des ſçavans. Cette foule indiſcrete de
toute ſorte de gens qui s'em-
preſſe à la porte des Colleges ,
& qui clabaude ſous des Regens, à peine produit-elle un
habile homme entre mille Eſtu-
dians. Ce qu'ils apprennent ne

fert qu'à les rendre importuns,
& à leur faire entreprendre des
deffeins au deffus de leurs forces, ils fe perfuadent que toutes les veritez de la Philofophie
font renfermées dedans leur
portefeüille ; & l'opacité de
leur efprit ne pouvant concevoir aucune objection , ils
croyent avoir atteint la derniere perfection des Sciences,
parce qu'ils ne voyent que par
les yeux de leur Regent, & que
la Nature femble n'avoir donné à leurs amis pour toute faculté que la memoire. Nous
remarquons tous les jours qu'il
n'eft rien de plus dommageable que cette forte de gens qui
doutent des chofes & ne les fçavent pas. C'eft par eux que
tant d'herefies ont infecté la
Religion, & que tant de fcru-

pules ont troublé les meilleures consciences ; c'est d'eux
que sont venus les jugemens
temeraires , & la perte inevitable des libertins.

Il me souvient d'avoir oüy
dire à un grand & sage Prince , qu'il ne fut jamais une plus
fausse politique , que celle
de François I. qui ne se pouvant satisfaire d'avoir acquis
l'estime de vaillant Roy , crut
que tout manqueroit à sa
gloire , si la posterité ne pu-
blioit un jour qu'il avoit esté
le Pere des Sçavans & le Re-
staurateur des Lettres. Cette
passion luy donna celle de mul-
tiplier les Colleges dans ses
Etats , & d'en établir en divers lieux pour la commo-
dité des Estudians. Mais ce
grand Prince ne s'appercevoit

pas qu'il se procuroit un mal
inévitable en cherchant un
bien fort incertain ; il pensoit
par cét établissement peupler
la France d'hommes sçavans,
mais il n'en fit que fort peu d'habiles, & l'infecta d'un nombre infiny de gens inutiles
à la Republique. Je veux dire qu'il remplit les barreaux
de Chicaneurs & d'Avocats,
les Villes de Faineans, & les
Cloistres de Moines. Cependant il n'augmenta ny la Doctrine, ny la pieté dans son
Royaume, mais il diminua le
nombre des Soldats, des Marchands, des Laboureurs, & des
Artisans de qui les Etats tirent
leur deffense, leur richesse, leur
nourriture & les manufactures.
Je ne puis m'empescher d'admirer la Politique des Turcs, que

je trouve auſſi ſage que leur
Religion eſt ridicule. Ce n'eſt
pas par ſotiſe qu'ils ont chaſſé
les lettres de la Grece, qui en
fut autrefois la Mere, lors qu'ils
ont rendu ſes habitans tribu-
taires de leur Empire; leur conduite eſt trop éclairée, pour leur
imputer la barbarie dont on les
accuſe, & qu'ils ſemblent affecter. Ils ont connu plus judi-
cieuſement que nous le prix
des ſciences, en les rendant
moins communes; & à le bien
prendre ils leur ont bien moins
fait d'injure de les reſtraindre
à un petit nombre d'eſprits bien
faits, que nous de les proſti-
tuer à toute ſorte de gens : Ils
ont conſideré que comme la
trop grande quantité de flambeaux dans une Salle pleine de
peuple importune en éclairant

par sa chaleur & par la fumée,
le grand nombre de Sçavans
pouvoit nuire dans un Etat, en
pensant instruire leurs compa-
triotes. Ainsi ils n'ont pas re-
noncé aux lumieres des Sciences, mais ils ont moderé le
nombre de ceux qui s'en mes-
lent; & c'est en cela principa-
lement que j'admire leur jugement, qu'ils suivent la Nature
comme une souveraine Mai-
stresse pour l'instruction des
enfans; ils établissent des Juges de leurs inclinations, & de
la pente qu'ils ont à quelque
profession; & suivant ces mouvemens qu'elle donne à chacun
d'eux, ils les occupent & les
perfectionnent.

Qu'un Gentil-homme s'peut faire
le choix de toutes les professions, &
que la science du monde luy est absolument necessaire.

PArmy les avantages qu'un
bel esprit tire de ses études, je n'estime pas que celuy-
cy soit le dernier, qu'il a le
choix de toutes les professions,
& que si la Fortune le suit à la
Guerre, il la peut trouver dans
la paix; il n'a besoin que d'application pour devancer tous
les autres en ce qu'il entreprend:
s'il veut estre soldat, il sera plus
brave que les plus brutaux, parce qu'ils ne sont determinez
que par la chaleur & l'impetuo-
sité du sang qui leur oste la connoissance du peril, & luy le sera
& par nature & par sa raison,

qui luy represente le danger tel
qu'il est, en luy persuadant de
ne le craindre point, & que la
mort n'est pas un mal, mais la
fin de tous nos maux, & le terme de nostre repos.

Que s'il cherche son avancement dans une soutane, il y est
comme dans son centre. C'est
là que son esprit s'épanoüit
avec plaisir, & qu'il se fait
connoistre pour ce qu'il est
dans ses conversations particulieres, dans les actions
publiques, & dans ses écrits.
J'étendrois bien loin ses avantages si je suivois l'idée que
j'en ay ; mais je les veux finir
par ce dernier que j'estime par
dessus toutes les autres, en
disant qu'il peut estre maistre
de sa propre liberté, qu'il peut
acquerir de l'estime & du bien

sans dépendance, & sans sujec-
tion, & qu'il n'a besoin de son
adresse que pour se concilier
l'amitié des Princes, quand il
aura gagné l'approbation des
peuples. Il est vray que les
Sciences sublimes ne sont pas
faites pour estre esclaves, &
qu'il ne seroit pas raisonnable
que ceux qui ont droit de nous
instruire comme nos maistres,
nous obeissent en inferieurs.
Leur prix & leur éclat est si
grand qu'il supplée à la fortune,
& mesme à l'obscurité de la
naissance ; elles ont souvent
placé des hommes de basse ex-
traction sur les Fleurs de Lys
des Parlemens, dans les Chaires
Episcopales, dans le Conclave
des Cardinaux, & dans le Siege
mesme de S. Pierre. Il semble
qu'elles seules jointes à la pro-

bité, ayent esté requises de tout
temps , pour faire de grands
Prelats , & de grands Ministres
d'Etat ; & l'Ecriture Sainte
introduit-elle pas Melchise-
dech souverain Sacrificateur,
sans genealogie & sans parens,
quoy que cette dignité ait tenu
le premier rang parmy le Peuple
d'Israël, & pour nous apprens-
dre que ces dignitez sacrées de
l'Eglise doivent estre le partage
des sçavans & des Saints.

Mais je ne m'apperçoy pas
que j'écris inutilement quand
je ne m'adresse qu'aux esprits
extraordinaires, & que mes conseils leurs seront suspects d'imprudence & de vanité , puis
qu'ils ont des lumieres qui offus-
quent les miennes , & que j'aurois meilleure grace de leur demander des avis que de leur en

donner. Cela seroit à craindre si j'avois dessein de les instruire, mais je parle aux jeunes gens, qui n'ont encor que des dispositions naturés à bien faire, & qui n'ont rien determiné sur le choix de leur application. Je leur fais une peinture de la beauté des Sciences ; je leur montre qu'elles sont d'ordinaire accompagnées de l'estime, de la gloire & de la fortune, quand elles sont ménagées par un esprit adroit.

Ce n'est pas assez d'estre sçavant de la Science du College, il y en a une autre qui nous enseigne comme il s'en faut servir. Celle-cy est une coureuse qui va de maisons en maisons, & qui ne parle ny Grec ny Latin, mais qui nous montre l'usage de tous les deux. On la trouve

dans les Palais, on la rencontre
chez les Princes & les grands
Seigneurs, elle se fourre dans les
Ruelles des Dames, elle se plaist
parmy les gens de guerre, & ne
méprise pas les Marchands, les
Laboureurs ny les Artisans.
C'est elle qu'on appelle la
Science du Monde, qui a pour
guide la Prudence, & pour
Docteurs les conversations, &
l'experience des choses. Elle
rend le mesme office aux autres
Sciences, que le Lapidaire fait
aux diamans bruts, quand il
leur donne la beauté, l'éclat, &
le prix par sa polissure ; & en
effet est-il rien de plus imperti-
nent, qu'un homme du Quar-
tier S. Iacques, qui n'a jamais
veu le Louvre, que de l'autre
bord de la Seine ; à quoy luy
sert son Grec & son Latin, qu'à

le rendre ridicule parmy les
honnestes gens, & à faire avoüer
qu'il est plus ignorant dans la
Science du monde, que les
plus stupides ne le sont dans
celle de l'Université? Le College nous donne les premieres
notions des choses, il nous a-
masse des matieres pour cons-
truire de beaux Palais; mais
c'est la Science du Monde qui
nous en enseigne l'architecture,
qui nous montre l'ordre & l'a-
gencemét de toutes ses parties,
qui nous fait paroistre habiles
sans affecter la vanité d'estre
sçavans, qui polit nos discours
& nos mœurs, qui nous rend dis-
crets dans nos conversations, &
agreables à tout le monde. Sans
elle la Sciences devient barbare
& mal plaisante; & c'est la raison pourquoy les gens de peu à

qui la Nature a donné de l'Efprit, & le College des Lettres,
ont une extréme peine à fe dé-
païfer ; ils paroiffent prefque
toûjours ce qu'ils font , parce
qu'ils tiennent de la baffeffe de
leur nourriture. , qui n'ayant
aucun rapport avec celle des
Gens de Qualité , ne peut cacher fa difference naturelle. Le
plus grand fecret pour purger
un Gentil-homme de cette ordure, eft de le produire de bonne heure dans le monde, de luy
prefcrire des converfations
choifies , de l'obliger à rendre
fes devoirs aux perfonnes de
Qualité, de luy faire obferver
jufqu'aux moindres chofes qui
regardent la bienfeance, de luy
donner une certaine hardieffe
fans impudence & fans orgueil
dans toutes fes actiós, le rendre

civil fans baffeffe , & complai-
fant fans flatterie , luy ordon-
ner la converfation des Dames , & luy fouffrir quelque
intrigue avec elles. En verité
parmy l'ignorance de ce fexe ,
les plus fçavans prennent fouvent de tres-utiles leçons ; il
femble que la Nature ne l'ait
pas fait feulement pour plaire ,
mais encore pour donner des
regles au noftre de fe rendre
agreable. La beauté a quelque
chofe d'imperieux qui nous
rend fages & difcrets , autant
par hazard que par aucun difcours de raifon ; comme elle a
droit de nous charmer , nous
penfons avoir celuy de luy plaire , & la paffion que nous fen-
tons ne pouvant eftre fatisfaite
par là , nous embraffons avec
ardeur tous les moyés qui nous
peuvent

peuvent rendre aimables. Cette
paſſion nous enſeigne bien
mieux que la Rhetorique, l'art
de perſuader, & nous découvre
toutes les graces de l'éloquence : Elle compoſe nos actions,
elle regle nos pas, elle nous rend
propres, elle nous ouvre l'eſprit,
le polit & l'éveille ; elle eſt utile
quand elle ne va pas juſqu'à
l'excez ; elle reſſemble à cette
liqueur qui réjoüit les honneſtes gens ; & qui enyvre la canaille. Auſſi je ne la ſouffre
qu'aux beaux eſprits, qui la
prennent comme un moyen de
ſe perfectionner dans la Science
du Monde, & non pas pour
devenir vitieux. Les meilleures
choſes ſe corrompent par le
mauvais uſage ; c'eſt à nous de
ne nous rendre pas coupables
par noſtre moderation. Noſtre

N

condition feroit pire que celle
des beftes, s'il nous falloit abfte-
nir de tout ce qui porte peril
avec foy; le feu qui nous
échauffe nous peut brufler ;
l'air que nous refpirons pour vivre, peut eftere corrompu ; & le
vin qui nous defaltere & qui
nous nourrit, nous peut enyvrer
Et pour cela feroit-ce bien conclure, que nous deuffions eftre
privez de l'ufage du feu, de l'air
& du vin ? Il eft de nos paffions
comme de nos armes, elles fervent à noftre défenfe, quand
elles nous obeïffent ; mais elles
font un effet tout contraire
auffi-toft qu'elles paffent entre
celles de nos ennemis. Nous
nous les figurons comme des
Monftres faute de les connoiftre, leur force ne vient que de
fa foibleffe de noftre raifon ;

laiſſons luy la liberté de les examiner, elle en deviendra maiſtreſſe avec peu d'effort; c'eſt
pour lors qu'elle les deſtinera à
de bons uſages, & que l'Amour
meſme tout dangereux qu'il eſt,
ceſſera d'eſtre criminel. Les
plus grands Capitaines anciens
& modernes ont trouvé moyen
de l'ajuſter avec leurs emplois,
ils l'ont regardé comme vne foible bariere qui ne pouvoit arreſter le ſuccez de leurs entrepriſes, ny le progrez de leur
gloire. Les Sçavans l'ont ſuivy
comme l'ame de la Nature, le
lien de la ſocieté civile, le
pere des plaiſirs & de la
paix. Les Devots en ont
fait une vertu neceſſaires, &
le principe de la charité qui
les unit avec leur prochain;
& moy je le propoſe comme une

lumiere qui nous échauffant le
cœur, nous éclaire l'esprit pour
découvrir les beautez de cette
Science du monde, que j'estime si necessaire à un honneste
homme.

---

## Que les Conferences sont plus utiles que l'étude des lettres.

Diogene le Cinique voyant
un jour passer Aristippe
devant son tonneau, comme
il disnoit, luy dit, Aristippe,
si tu sçavois te contenter de
pain & d'ail comme moy, tu
ne serois pas Esclave du Roy de
Syracuse; & toy, repartit le
Courtisan, si tu sçavois vivre
avec les Roys, tu ne ferois pas
si mauvaise chere. Il est vray que
cette Philosophie hagarde &
Pedantesque n'est pas faite pour

les Gentils hommes , ils son
nez pour la Societé , & ne doivent ignorer aucune des maximes du monde. Les humeurs
complaisantes aidées de cette
science pratique , emportent
& ravissent l'amitié de tout le
monde , parce qu'elle sçait de-
biter de bonne grace les talens
de la Nature , & les avantages
des Sciences que nous avons
requises.

Je dis plus , qu'elle a souvent
fait d'honnestes gens sans le secours des lettres. Le monde est
un grand Livre, qui nous instruit
à tous momens ; les conversations sont des études vivantes,
qui ne cedent rien à celle des
Livres : Il est des belles confe-
rences comme des cailloux, qui
d'une masse froide & obscure,
produisent de la chaleur & de la

clarté, fi l'on les frotte l'un
contre l'autre. La frequentation ordinaire de deux ou
trois beaux Efprits nous peut
eftre plus utile que tous les
Pedans des Univerfitez enfemble ; leurs difcours familiers
font autant de leçons qui nous
ouvrent l'efprit ; ils debitent
plus de matieres en une heure, que nous n'en lirions dans
une Bibliotheque en trois jours.
L'action & l'air du vifage, ont
je ne fçay quoy de charmant,
qui imprime fortement ce que
le difcours veut perfuader,
& tout le monde remarque
qu'une Harangue prononcée
par un bon Declamateur, paroift belle & relevée, quoy
qu'elle ne foit conceuë qu'en
termes affez communs, & rem-
plie de penfées ordinaires. J'a-

voüé que tel homme m'a fait
admirer des Vers en les reci-
tant du beau ton , qui m'en a
bien diminué l'eftime en me
les donnant à lire , il y a apparence que la raifon de cette
méprife vient de l'harmonie.
Quoy que nos fens foient dif-
tincts & feparez , il y a toutes
fois je ne fçay qu'elle liaifon fi
étroite , que de l'un les efpeces paffent imperceptiblement
dans l'autre. L'oreille reçoit
les fons ; & les efpeces qu'-
elle porte dans noftre imagination, ont tant de rapport
avec l'ordre que noftre jugement met dans nos penfées ,
qu'il fe trouve furpris par cette
conformité , parce qu'il n'a pas
le temps de digerer ce qu'il
reçoit de cette harmonie. On
ne trouvera pas étrange cette

effet des belles Declamations
& des Conferences agreables,
fi l'on fe fouvient de celuy des
inftrumens touchez de la main
d'un excellent Maiftre; il eft des
tons qui nous infpirent la tri-
fteffe, & qui font pancher doucement noftre ame vers la lan-
gueur ; il eft des airs qui nous
foulevent le cœur par l'effort
d'une joye, qui force agreablement nos pieds de fe mou-
voir à leur cadance. On dit
qu'un jour Alexandre prit les
armes, & fit l'action d'un Com-
battant, pouffé par le fon
d'une Harpe ; & nous voyons
tous les jours que celuy des
Trompettes, & le bruit des
Tambours, excitent en nous
le defir de venir aux mains avec
nos ennemis.

David mefme charmoit les

contorfions du malin efprit
dans le corps de fon beau-pere,
par la douceur de fon harmonie. Il eft indubitable que la
voix perfuade & inftruit tout
autrement que la lecture ; auffi
l'une eft accompagnée de certains efprits qu'on peut dire vivans : & l'autre n'eft que le por-
trait des penfées d'une perfóne
morte : De mefme les chofes
nous touchent bien plus fenfi-
blement que les recits qu'on
nous en fait. Un homme qui a
fait de longs voyages , fçait
bien mieux la fituation des
lieux , que celuy qui ne les a
appris que par la Carte ; & l'on
demeure d'accord qu'un vieil
Soldat qui a bien veu des Sie-
ges , des attaques & des def-
fenfes , eft plus fçavant dans la
guerre , que celuy qui n'en eft

intruit que par les Livres De-
card , de la Prune , ou de Ville.
La Jurisprudence n'est pas sça-
vante , quand elle est renfer-
mée dans les regles du Dige-
ste. Un grand professeur en
cette Science , n'est pas toûjours un bon Consultant , je
prendrois plutost l'advis d'un
bon Advocat bien versé dans
les affaires , & qui auroit vieil-
ly dans le Palais. La Medecine
mesme avec tous ces aphorris-
mes est tres-dangereuse dans la
cervelle d'un jeune Docteur :
ce n'est pas assez qu'il ait habitude avec son Hypocrate &
son Galien , s'il n'en a avec
les maladies , pour leur sçavoir appliquer les remedes que
sa sciéce luy enseigne. La Theorie des choses est toûjours incertaine si elle n'est reduite en

pratique : je dis de mefme de toutes les autres profeſſions. Un Gentil homme né pour la Cour & pour la Guerre, ne deviendra point Soldat parmy les Livres, ny Courtiſan dans ſon Village. Le Monde qui nous preſte ſes élemens pour former noſtre eſtre, s'attribuë auſſi la faculté de nous rendre honneſtes gens. Cette Science n'eſt autre choſe que la pratique & l'experience que nous faiſons des profeſſions differentes de la vie civile; comme elles ont leurs diſtinctions, elles ont auſſi leurs regles & leurs manieres; c'eſt une choſe étonnante de la diverſité qui ſe rencontre non seulement entre les Nations, mais encore dans les Villes entre les ordres & les profeſſions.

Vous diriez que la Nature se
plaist à ployer sous les Coustumes. Les humeurs d'un Gentil-homme sont toutes differentes de celles d'un Marchand;
leurs civilitez, leurs complimens, & leurs formes d'écrire, n'ont rien qui se ressemble,
& parmy la Noblesse mesme,
les gens de la Cour ont un
air tout autre que celuy des
Provinciaux. Il faut connoistre
toutes les varietez, mais se
donner tout à fait à celles de sa
profession. La galanterie bour-
geoise ne feroit pas grand progrez dans les bonnes graces
d'une Dame de la Cour : A le
bien prendre, ce qu'on appelle
un fort honneste Gentil-homme, est un des plus accomplis
ouvrages de la Nature, & de
l'Art : De la Nature, parce qu'il

faut qu'elle luy donne la belle taille, la bonne mine, l'inclination aux belles choses, & la belle ambition. C'est sur ce fondement que l'Art travaille à perfectionner de si beaux commencemens, en formant son esprit par la connoissance des Lettres, & son adresse par les exercices du corps. Pour y reussir heureusement, il faut commencer de bonne heure, c'est une entreprise haute, longue & difficile, qui merite toute nostre application.

---

### Qu'il faut fuir les Méchâs & les fots.

Ais qu'il est dangereux de se méprendre dans le choix des Conversations ordinaires ! & avec combien de soin

un Gentil-homme doit-il éviter
les Méchans & les Sots! Ce
poinct est si important, que de
luy dépend tout le cours de ses
mœurs & de sa vie. La frequentation des méchans nous appri-
voise avec le vice, elle fait que
nous le regardons sans émo-
tion, aprés nous commen-
çons à le pratiquer avec quelque plaisir; le temps en forme
l'habitude en nous, & l'habitude se tourne en necessité. S. Augustin exprime ad-
mirablement bien l'effort de
cette coustume, en disant qu'-
elle est comme un clou chassé
dans le bois avec le marteau;
apres le premier & le second
coup, on l'en peut encore retirer avec peu de difficulté; mais
quand il a penetré de sa lon-
gueur, & qu'il est enfoncé tout

à fait, la tenaille n'ayant plus de prife, il n'en peut plus eftre feparé que par la deftruction du bois qui l'a receu. La débauche a je ne fçay quoy de charmant, qui s'infinuë doucement dans l'efprit d'un jeune homme, c'eft un voleur qui furprend les maifons quand les Maiftres font endormis, elle vient à nous avec un vifage riant, elle eft toûjours parée des ornemens du plaifir qu'elle propofe, elle entre dans nos cœurs pour ployer nos fentimens, elle nous conduit fur le bord du précipice par un chemin femé de fleurs, & enfin elle ne nous embraffe que pour nous étouffer. Comme elle eft ennemie mortelle de la vertu, elle tourne toûjours le dos au chemin de la Fortune ; dés lors qu'elle poſſede un homme, elle en uſe comme il luy plaiſt. Les vices & les mauvaiſes habitudes ſont des chaiſnes qui le tiennent garotté, il voit échaper les occaſions de plaire à ſon Maiſtre par les feneſtres du Bordel, & du Cabaret, & par d'autres déreglemens où la pareſſe l'arreſte, où le plaiſir le détourne de faire ſon devoir. En verité c'eſt un écueil où la jeuneſſe fait quelquefois un dangereux naufrage. J'en ay connu que le bonheur cherchoit par tout, & de qui il ſembloit que la Fortune ne pouvoit tirer le conſentement pour les élever. Ceux-là s'apperçoivent ſans leçon que l'Occaſion eſt chauve par derriere, quand la neceſſité les preſſe; & ſi

l'âge leur rallume une petite
étincelle de raison, ils tafchent
à remonter fur leur befte,
mais inutilement. Ce font
de mauvais joüeurs de paul-
me, qui courent aprés leur
efteuf, comme ils font def-
accouftumez du travail & de
la fujettion, & qu'ils fe voyent
abandonnez de biens & d'a-
mis, ils paffent du plaifir & de
la débauche, dans les plus extrémes méchancetez. Pour lors
ils quittent le Louvre, pour
devenir Courtifans du Roy
de bronze & de la Samaritai-
ne; ils portent les Manteaux
des paffans pour les foulager, ils
fe montent à l'Abrevoir, vont
faire la guerre au Long-boyau,
ou fur quelqu'autre grand chemin; ils ne font jamais fans Almanachs pour fçavoir les Foires

des Provinces ; ce sont des Marchands qui vendent de tout, & qui n'achettent rien ; & enfin leur destin, ou plutost leur conduite, leur prepare le terme de leur fortune au bout d'une busche, ou sur une échaffaut,

J'avouë que la frequentation des sots n'est pas si dangereuse, & qu'elle ne fait pas faire de si terribles cheutes ; mais c'est une barriere qui s'oppose toûjours à nostre fortune. On demeurera d'accord qu'avec eux on ne se fait pas habile homme, la sotise est un mauvais Pedagogue pour enseigner la Sagesse. Je ne conçoy point quelle liaison d'amitié un habile homme peut avoir avec un fat ; tout est si different entr'eux, qu'il n'y a point d'u-

nion à efperer : Je n'eftime pas
qu'il faille un long raifonnement pour en détourner un
honnefte homme, & j'ay peine
à me perfuader qu'il le puiffe
fouffrir ; ce n'eft pas un mauvais
argument à tirer de ce que nous
valons, que celuy qui fe prend
de nos converfations & de nos
amitiez, fans doute elles ont
bien du rapport avec ce que
nous fommes. La Nature n'a
pas fait des chofes differentes
pour les unir ; c'eft une Mai-
ftreffe qui nous infpire des mouvemens auffi fages que noftre
raifon. Un fat n'eft propre qu'à
divertir quelquefois un habile homme, il en peut faire fon
joüet, mais non pas fon amy.
Je dirois qu'il feroit bon à
dupper, fi je fuivois le fentiment
de plufieurs qui croyent que les

gens d'esprit font faits pour vivre à fes dépens. Mais cette maxime eft hors de mes regles, comme contraire à la probité; j'aime mieux qu'on l'évite, que fi on le pilloit. L'injuftice eft injuftice par tout, fa foibleffe doit donner de la compaffion, & fa fotife ne doit pas demonter noftre fageffe, ny détruire noftre probité. Laiffons-le comme un miferable, auffi-bien ne nous apprendra-t'il pas ce qui nous refte à fçavoir de la Science du Monde.

---

### Si un particulier doit joüer aux jeux de hazard, & comment.

LE jeu de hazard eft un plaifir, ou plutoft une efpece de commerce parmy les hommes, qui fait un problême qui merite bien d'estre éclaircy. Ceux qui suivent une vertu severe, le bannissent comme vitieux, & ne le souffrent pas à la jeunesse. Ils le considerent comme une passion violente, qui maistrise tyranniquement l'esprit, & qui nous remplissant de belles esperances, nous conduit souvent à l'Hospital ; c'est luy qui fait nos naufrages en terre ferme, qui rompt nos desseins, en nous ostant les moyens de les executer, qui nous rend à charge à nos Amis, & qui fait fuir nostre societé comme importune & incommode. Il n'y a rien si aisé que de le rendre vilain, quand on le peint de son mauvais costé ; c'est un Prothée qui reçoit di-

verſes formes , & un Came-
leon ſuſceptible de pluſieurs
couleurs; mais ſi l'on examine
ſes defaux & ſes avantages ,
en le prenant dans ſon tout
comme dans ſes parties , il ne
ſera pas impoſſible de prouver qu'il peut eſtre plus utile
que dommageable, s'il eſt ſuivy des circonſtances qui luy
ſont neceſſaires.

Je dis que le Jeu eſt dangereux à un Homme de Qualité,
autant qu'il eſt utile à un Particulier; l'un hazarde beaucoup , parce qu'il eſt fort riche,
& l'autre ne hazarde rien, parce
qu'il ne l'eſt pas ; & cependant
un Particulier peut autant eſperer de la fortune du jeu qu'un
grand Seigneur ; auſſi n'eſt-ce
que pour les Particuliers ce qui
me reſte à dire. J'ay toujours

estimé que l'amour du jeu estoit un benefice de la Nature, dont j'ay reconnu l'utilité. Mon opinion ne doit pas estre suspecte en cecy ; car elle ne m'y a donné aucune inclination, j'en parle comme desinteressé & sans passion. Je pose pour fondement que nous l'aimons naturellement ; car sans cela nous n'y serons jamais que des dupes. Les jeux d'exercices sont beaux à sçavoir, mais mal-propres à gagner de l'argent, nostre adresse connuë est obligée de donner des avantages qui rendent les parties si égales qu'elle semble inutile à nos bons succez, j'entends parler des Cartes & des Dez, qui feront nostre étude & nostre application. Premierement il faut connoistre tous les avantages que les

plus fubtils Filoux tirent de
l'adreffe de la main, & puis fçavoir la conftruction de toute
forte de Déz, la couppe & la
marque des Cartes, & fe fourrer
dans le grand Jeu, fi-toft qu'on
a pû affembler un fonds un peu
confiderable, & tenir pour maxime d'attaquer toûjours les
meilleures bources. J'ay oüy
dire à un fage Joüeur qui y
avoit gagné un bien tres-con-
fiderable, que pour reduire les
Jeux en art, il n'avoit point
trouvé d'autre fecret, que de
fe rendre maiftre de fa paffion,
& de fe propofer cét exercice
comme un meftier à gagner de
l'argent, en ménageant fes bonnes & fes mauvaifes heures fans
tranfport & fans emportement:
fa raifon eftoit que le hazard
eftant l'ame du jeu, ne feroit
                              pas

pas hazard s'il ne changeoit
souvent , que chaque chose a
sa durée , qui pour nous estre
inconnue, ne laisse pas de souffrir quelques regles de nostre
prudence. Vostre bonheur ,
disoit-il , passionne & trouble
celuy qui perd contre vous.
Tenez tout ce qu'il vous jouëra
pendant que vous joüez sur
son fonds , plus il perdra ,
moins il sera en état de ménager sa mauvaise fortune ,
la passion le precipite dans un
aveuglement , duquel vous
devez profiter ; & si la Fortune est contre vous , don-
nez-luy le temps de jetter son
venin , en ne hazardant pas
les grands coups : proposez-
vous une somme à risquer, sans
passer plus loin ; divisez vostre
fonds pour réunir vostre fortu-

ne , & voſtre derniere piece
ramenera toutes les autres,
ſi vous avez à faire à des Joüeurs paſſionnez. L'on voit rarement un Joüeur manquer d'argent ; comme il perd avec facilité , il regagne avec peu d'effort ; il y a je ne ſçay quelle
charité entr'eux qui ne laiſſe
gueres leurs ſemblables au beſoin ; quoy qu'ils n'ayent que
trois Dez pour tout fonds ,
& que la fortune pour cau-
tion , ils trouveront plutoſt
une ſomme conſiderable à em-
prunter , que ne feroit un bon
Marchand. De plus cét exercice donne entrée aux Particuliers dans les meilleures
Compagnies , & un habile
homme en peut tirer de notables avantages , quand il les
ſçait bien ménager ; il a cela de

fpecial, qu'il fait aller du pair
les conditions inégales pendant qu'il dure, & que chacun a droit de difputer fon
intereft, fans rien ceder aux
plus huppez. J'en connois qui
n'ont pour tout revenu, qu'un
Jeu de Cartes & trois Dez,
qui fubfiftent dans le monde
avec plus d'éclat que des Seigneurs de Province avec leurs
grandes poffeffions. Pour arriver à ce poinct, il faut une longue habitude, & une tres-exa-
cte fcience des jeux. Si ces maximes ne font pas toûjours
leur effet, au moins font-elles
conformes à la raifon. La trom-
perie a quelque chofe d'infame
& d'indigne d'un Gentil-homme, & n'eft jamais fupportable
parmy les honneftes gens. Un
Cavalier de ma connoiffance

raifonnoit un jour affez plai-
famment avec un Moine, au-
quel il avoüoit qu'il fçavoit
mettre quatre As, ou quatre
Roys dans le talon au Piquet,
quand il eftoit dernier, & que
cette adreffe luy avoit fouvent
reuffy. Le bon pere luy dit
qu'il eftoit obligé à reftituer
l'argent gagné de la forte. Le
Joüeur luy fouftint que non, en
difant pour raifon qu'il n'eftoit
pas plus deffendu de bien
mefler les Cartes, que de les
bien joüer, & que le but de celuy qui mefle eftant de fe donner beau jeu, & de rompre
celuy de fa partie, il ne croyoit
pas qu'il y allaft de fa confcience de fe donner quatorze d'As
à point nommé.

Aprés tout la filouterie du
jeu eft tres-dangereufe, elle

cause tant de mauvais accidens
à ses autheurs , qu'on la doit
toûjours éviter. Je conseille à
un homme qui sçait, & qui aime
les jeux, d'y risquer son argent,
comme il a peu à perdre , il ne
hazardera pas grande chose , &
peut beaucoup gagner ; mais
je voudrois qu'il se possedast
comme j'ay dit , sans trouble,
qu'il en fist une science & non
pas une passion, qu'il regardast
sa perte avec moderation , &
qu'il fut bon ménager de ses
profits, & de ses avantages.
Ce que je dis est une grande
épreuve de sagesse, qui se rencontre rarement ; & comme
la pratique en est tres-difficile ;
beaucoup d'hommes sensez ,
ont deffendu le jeu , parce
qu'il fait des effets tous contraires dans la pluspart de nos

esprits, dont la fougue & l'humeur étourdie n'est pas capable de cette retenuë, qui le rendroit utile si nous sçavions l'acquerir par le secours de nostre raison.

Je dis librement mon opinion de toutes choses après les avoir examinées, parce que nostre conduite est à nous, & qu'un chacun doit sentir s'il est capable de celle que je luy propose. Je n'écris ny pour les foibles, ny pour les opiniastres ; il dépend d'un étourdy de s'égarer, s'il ne veut pas suivre son guide. La raison nous détourne bien des cheutes & des precipices ; mais elle n'empesche pas qu'il n'en soit, & il y auroit de la sotise de n'oser passer sur un pont, parce qu'on se pourroit noyer si l'on tomboit dessus. On ne trouvera point de propofitions qui n'ayent deux uifages, & qui puiffent eftre probablement appuyées dans leurs fens contraires. C'eft à nous à fuivre ce qui nous femble le plus raifonnable & le plus conforme à noftre humeur. Pour moy qui approuve le jeu en autruy, je le pratique peu, d'autant qu'il ne me divertit pas : J'ay ce défaut naturel, avec beaucoup d'autres, que mon difcours de raifon ne fçauroit corriger. C'eft à la Natute à nous donner de l'inclination aux chofes, & à nous rendre fçavans dans leur pratique.

*Si la Science & l'exercice de la Chaffe fervent à la Fortune.*

LA Chaffe eft un exercice fort honnefte à un Gentil-homme ; mais elle contribuë rarement à la Fortune d'un Particulier, fi ce n'eft à la fuite du Roy, ou de quelque grand Prince, touchez de cette paffion. Il eft de la bienfeance de ne l'ignorer pas, & tres-dangereux de s'y donner tout à fait. Le meilleur valet de chien du monde ne s'eft jamais vanté d'avoir receu de la Fortune ; ce n'eft pas fur ces voyes que fon limier fe rabat, & quoy qu'il ne la détourne jamais, il eft affeuré de la laiffer courre, & de ne chaffer point à veuë. Ceux qui aiment les bois & la folitude avec excez, ne se plaisent gueres dans la societé des gens d'esprit. Cependant comme chacun est fou de sa marotte, la pluspart des Nobles de Province, croyent que la qualité de Chasseur est aussi essentiellement necessaire à un Gentil-homme, que celle de spirituel & de vaillant. Pour définir un honneste homme, ils diront qu'il a des chiens & des coureurs, & qu'il va tous les jours à la Chasse. Ils ne prennent pas garde qu'ils se définissent eux-mesmes, ou pour ce qu'ils font, ou pour ce qu'ils voudroient bien estre; & comme leur esprit n'est occupé que de cette passion, ils se persuadent qu'elle doit regner par tout, & qu'elle seule a droit de composer un honneste homme.

O v

Si mon dessein estoit détaché
de la difference des plaisirs, je
ne mettrois pas celuy-cy au
rang des derniers. Il a sans doute quelque chose de charmant,
& doit estre d'autant plus permis, qu'il est plus éloigné des
vices qui suivent d'ordinaire les
autres passions. J'avouë qu'il est
plein d'innocence, qu'il rend
les hommes adroits, & qu'il
contribue à la santé quand il
est pris sans excez; mais j'essaye
de conduire un Gentil-homme
dans le chemin de la fortune, &
je ne voy pas que celuy-là soit
le plus seur ny le meilleur à tenir.

## *Que les Maistres les plus utiles sont les Financiers.*

ENfin il faut conclure par la
derniere voye que les Ro-
turiers usurpent d'ordinaire , &
que nous laissons , quoy qu'elle soit la plus aisée , la plus
prompte & la plus infaillible
de toutes. C'est la suite des
Financiers, & les employs qui
dépendent de leurs Charges ;
l'experience que nous faisons
tous les jours de leur extréme
richesse , me releve de prouver l'utilité de ce conseil ; il
semble que la Fortune n'a
point de revers pour eux , &
qu'estant élevez au dessus de sa
roüe , il n'ont qu'à la charger
d'or pour l'empescher de tourner : vous diriez qu'elle devient

O vj

leur esclave, & que le respect
qu'elle a pour eux passe jusqu'au
dernier de leurs Commis. Leurs
maisons ressemblent à ces
grands lacs, qui traversant les
Païs les plus fertiles, reçoivent
toutes les eaux des Montagnes
& des Plaines voisines de leur
étenduë. Pour se rendre capables de ces emplois, il ne faut
ny science ny esprit extraordinaire, l'application y est plus
necessaire que toute autre chose. Mais que ceux que la necessité de leurs affaires, ou l'envie de faire fortune, feront resoudre à les rechercher, oublient la gloire de leur naissance, & mettent la bravoüre sous
les pieds, qu'ils laissent dormir
Noblesse, comme font les Cadets de Bretagne, & qu'ils ne
s'informent point de celles des

Maiſtres dont ils attendent leur
avancement. La pauvreté eſt
un Monſtre qui veut eſtre combattu avec toute ſorte d'armes,
il eſt dangereux de le laiſſer
long-temps aux priſes avec la
generoſité, ſi elle en triomphe
elle n'obtient qu'une victoire
pleine de chagrin & de melan-
colie : qu'il faſſe taire cette
ſotte gloire qui luy rend les
reins trop fermes pour ployer
ſous un homme que la Fortune
a fait ; qu'il penſe plutoſt qu'il y
a de l'avantage à s'en aprocher ;
qu'il conſidere qu'un diamant
ne perd pas ſon prix pour eſtre
enchaſſé dans de l'acier, & que
le Soleil tout admirable qu'il
eſt, ſouffre quelquefois des E-
clipſes ; qu'il ſe garde bien
de confondre la gloire avec la
vanité, l'une eſt la récompenſe

de la vertu, l'autre est aucteur
de la sottise. Si la Nature
fait Gentil-homme, & si les
Loix de son Païs, ou quelqu'autre accident l'ont rendu
pauvre, qu'il sçache gré au
Ciel de sa naissance, & qu'il
remedie au malheur de sa
fortune, qu'il sçache que la vie
sans bien est une longue & in-
supportable misere, que le joug
de la pauvreté est plus pesant
que celuy d'un Financier, & que
s'il a de l'esprit, il peut devenir
aussi grand Seigneur que son
Maistre : pour lors il ressusci-
tera sa qualité, & obscure &
cachée qu'elle estoit dans son
Village, il la rendra glorieuse &
triomphäte au milieu du grand
monde ; qu'il n'apprehende
point le reproche d'avoir esté
Clerc ou Commis, quand on le

verra affis dans le Conseil du
Roy. Sa naissance effacera toutes les taches de sa servitude.
Ce n'est pas seulement à la
Guerre qu'on monte aux grandes Charges par les petites. La
Justice & les Finances ont aussi
leurs degrez par où il faut passer
pour se rendre capable des
grands emplois ; le secret est de
s'y bien conduire, & le terme du
bonheur est d'y parvenir par la
voye de l'honneur, de la prudence & de la probité.

---

## *Si les regles de la prudence peuvent nous rendre heureux.*

MAis enfin toutes ces ob-
servations qui suivent si
exactement les regles de la raison, & les maximes de l'experience, peuvent-elles necessai-

rement produire les effets que
nous cherchons ? Noſtre probité & noſtre ſuffiſance connuës
de tout le monde, fermeront-
elles la bouche à nos envieux,&
rendront-elles impuiſſans les
efforts de nos ennemis ? Les
Princes que nous ſervons au-
ront-ils autant de juſtice pour
nous, que nos ſervices en ont
meritez ? & les longs travaux
dans leſquels nous avons con-
ſommé la plus aimable partie
de noſtre âge, ſeront-ils récom-
penſez de cette bonne fortune,
qui fut le motif de nos ſoins
& l'objet de nos eſperances ?
Noſtre prudence dans le choix
de nos Maiſtres, noſtre pré-
voyance dans nos entrepriſes,
& noſtre conduite dans nos
actions, rendront-elles noſtre
vie heureuſe, ou par les char-

mes de la liberté que le bien
nous aura acquise, ou par la
douceur d'une servitude conti-
nuée sous un Maistre qui nous
aimera comme ses enfans, &
nous traitera comme ses amis ?
Enfin y a-t'il dans la Morale quelques preceptes pour
nous deffendre de la mau-
vaise fortune, & pour nous
marier avec le bonheur ? La
question est belle & digne de
la curiosité d'un honneste homme.

Si vous consultez la Philosophie, elle vous répondra
qu'elle ne sçait point l'avenir, &
que la connoissance des choses
présuppose leur estre formel ; si
vous le demandez à l'experience, elle vous apprendra qu'une
mesme cause peut produire differens effets, qu'elle a veu tant

de chofes diverfes , qu'elle ne connoift rien de certain que l'incertitude mefme ; & fi vous interrogez la raifon , elle vous dira qu'elle fe mefle d'inftruire les hommes,& non pas de regler les évenemens , que ceux qui guident les Voyageurs ne les peuvent pas garder de la rencontre des voleurs , de la chute de leurs Chevaux, des vents contraires, des pluyes , de la grefle , du chaud & du froid ; leur fonction eft de montrer le plus court , & le droit chemin, mais non pas de combattre les méchans , ny d'empefcher les injures du temps. La prudence humaine a la veuë trop foible pour penetrer les caufes generales & particulieres, quoy qu'elles foient toutes determinées, & qu'elles n'ayent rien de for-

tuit, leur nombre infiny furpaf-
fe noftre connoiffance & noftre
capacité. Le pauvre Echille
que les Aftres menaçoient
d'une cheute qui le devoit
écrafer fous le poids , ne ga-
gna rien de demeurer au milieu d'une Campagne qui
n'avoit que le Ciel pour couverture ; un Aigle le tua d'une
groffe Tortuë , qu'elle laiffa
tomber fur la tefte pelée de ce
Sage mal-heureux. L'on dira
que ce fut un effet de fa mauvaife fortune , fi l'on fuit l'o-
pinion vulgaire ; mais fi vous
confiderez la chofe de plus prés,
vous en jugerez autrement.
Echille avoit raifon d'éviter
la demeure des lieux couverts ,
puis qu'il fçavoit qu'une Maifon
ou un arbre tomberoient plutoft fur fa tefte que le Ciel qu'il

choisissoit pour couverture.
Cette cause prochaine de sa
perte s'offroit à son sens, sa raison y avoit trouvé un remede
probable, mais il ne devinoit
pas qu'une Aigle prendroit sa
teste nuë pour une pierre, sur laquelle elle laisseroit tomber sa
Tortuë, pour en rompre l'é-
caille, & se paistre de l'animal
qn'elle enfermoit. L'un & l'autre
firent une action déterminée,
Echille eut pour but d'éviter
la chute des Maisons & des Ar-
bres, & l'Aigle de casser l'écail-
le de sa Tortuë : l'accident qui
en arriva vint de l'ignorance
d'Echille, qui ne previt pas
le vol de l'Aigle, & de la méprise de l'Aigle, qui prit la
teste d'un Philosophe pour un
Rocher.

Les Pyrronniens bannissoient

tous foins & toute prudence de
la vie humaine, ils ne croyoient
pas qu'ils fe deuffent détourner
d'une charette, ny d'un cheval qu'ils rencontroient à leur
chemin, parce qu'ils eftoient
perfuadez que tout eftoit déterminé, que les caufes pro-
duifoient neceffairement leurs
effets, que nos connoiffances
incertaines comme elles font,
n'eftoient pas capables de les
découvrir pour les éviter, &
penfoient que c'eftoit offenfer
la Providence, de prefumer
de changer fes decrets éternels

Mais que noftre raifon eft foible par tout, & qu'il eft malaifé
d'établir une opinió bien faine!
Ces pauvres gens ne s'apper-
cevoient pas que leurs principes
fe detruifoient d'eux-mefmes

quand ils ne jugeoient de rien,
& n'affirmoient aucune chofe,
& que leur Philofophie eftoit
fondée fur une contradiction
manifefte.

Ils ne vouloient rien affirmer,
& cependant le fondement de
leur Science eftoit une affirma-
tion. Tout eft incertain, difoient -ils, à noftre connoiffance, & confequemment nulle
Science dans l'efprit des hommes; à cela on leur répond fi
tout eft incertain, il y a quelque
chofe de certain à noftre connoiffance, puis que cette incertitude eft infaillible : vous affir-
mez quelque chofe en difant
que tout eft incertain, & de
là je concluds que voftre fcience eft fauffe dans fon principe.

De la vanité de l'Astrologie judiciai-
re, de la folie des hommes, & que
la probité fait nostre fortune reellement.

Disons plutost que tout est
certain, mais que nos
Sciences sont trompeuses, parce
que nous sommes foibles; avec
tout cela nostre ignorance veut
tout sçavoir, elle ne se contente
pas d'examiner la Nature, & de
foüiller dans ses secrets, elle
veut encore apprendre les choses futures qui n'ont point d'e-
stre, elle s'imagine de lire dans
les Estoilles comme dans un
grand livre tout ce qui doit arriver icy-bas, & se figurant des
rencontres admirables dans les
aspects ou conjonctions des Pla-
nettes, elle tire des consequen-

ces auſſi éloignées de la verité,
que les meſmes Eſtoiles le ſont
de la terre. J'avoüe que j'ay
toûjours eſtimé cette ſcience
vaine & ridicule ; car enfin elle
eſt, où elle n'eſt pas ; ſi elle eſt,
ce qu'elle prédit eſt infaillible
& inevitable, & conſequem-
ment inutile à ſçavoir ; car de
quoy me ſervira-t'il d'apprendre ce qui me doit arriver, ſi je
ne puis y apporter de remede ;
& quel autre fruit tirera un mal-
heureux d'eſtre averty qu'il perdra la teſte par les mains d'un
bourreau, qu'à remplir ſon ame
de trouble & d'inquietude, de-
venant miſerable vingt ans devant qu'il le dût eſtre ? & s'il
luy doit arriver du bonheur,
quel beſoin y a-t'il qu'il con-
çoive cette eſperance avec
d'autant plus d'ardeur & de
ſol-

follicitude, qu'il eft perfuadé qu'elle reüffira infailliblement? Que fi auffi elle eft fauffe, comme il feroit aifé de le prouver, un homme de fens a-t'il pas tort d'y appliquer fon efprit, & d'y perdre fon temps? C'eft une occupation d'un cerveau creux qui fe repaift de chimeres, ou d'un filou qui fait myftere de ce qu'il n'entend pas, pour dupper les femmes & les efprits credules.

En verité la folie eft une maladie qui a bien des efpeces; elle regne fi univerfellement, que je m'eftonne pourquoy les Anciens ne luy ont pas pluftoft dreffé des Autels qu'à la Fortune. Si nous faifions des reflexions fur noftre prudence, & fur noftre plus faine conduite

P

nous aurió s de la peine à ne pas
confeſſer que la raiſon la plus
éclairée tombe ſouvent en d'é-
tranges convultions. La cauſe la
plus veritable de nos extrava-
gances, eſt que nous avons rarement un objet fixe qui nous
arreſte & nous détermine.
Pyrrhus faiſant un jour un
grand armement contre l'Italie ; le Philoſople Cinée luy
demanda ce qu'il feroit quand
il auroit ſubjugué les Romains ;
je paſſeray, répondit-il , en
Sicile : & de là , reprit Cinée ;
ſi la Fortune , dit le Roy, me le
permet , je porteray mes armes
en Afrique , & me rendray
maiſtre de Cartage & de la Ly-
bie ; & ſi vous eſtes victorieux ,
que deviendrez-vous , reprit
Cinée ; Je penſeray, dit le Roy
à de plus grãdes choſes. Et enfin

quel sera le terme de vos
travaux ; Le repos, répondit
le Roy ; Pour lors le Philosophe s'écria : Hé, Seigneur,
joüissez-en dés aujourd'huy,
pourquoy faire de si grands
projets pour conquerir ce
que vous tenez dans vos
mains ; Vostre ambition est-
elle d'accord avec le bon sens,
de perdre de gayeté de cœur
ce plaisir dont vous pouvez
joüir sans bouger de vostre
Palais, pour vous engager à
d'extrémes perils, à la recher-
che d'une victoire incertaine, &
à des maux inévitables ; On en
pouvoit autant dire à Charle-
magne, à François I. à Charles-
Quint, & au Roy de Suede. Un
Prince pour avoir plus d'Estats
augmente le bruit de son nom,
mais il ne fait rien pour son re-
P ij

pos; au contraire ...
ses soins & ses inquietu...
se faisant de nouveaux e...
Cependât le monde a...
Conquerans, il n'est p...
Divinité si reverée que ...
de ces illustres voleurs, qui sa...
crifient le bien, la vie & la libe...
té des hommes à leur ambition
On craint leurs armes, pendant
qu'ils vivent, on les loüe apres
leur mort, & quelquefois on les
estime Saints. Jamais rien ne
fut si déraisonnable, qui n'ait
trouvé des Partisans. Un fameux Orateur d'Athenes passe
sa vie à faire le Panegyrique de
la fiévre quarte. La pauvreté
oste le repos à tout le monde, &
les richesses le ravirent à Ana-
creon, de telle sorte qu'il rendit
à Polycrates, Tyran de Samos,
les dix mille ducats qu'il lui

avoit donnez, parce qu'ils l'em-
peschoient de dormir : Comme
chacun a son sens, chacun a sa
folie, l'on suit son temperément
en cela, comme en toute autre
chose. Il y a bien de l'apparence
que Democrite estoit sanguin,
& qu'Heraclite estoit melanco-
lique. L'un fit un principe de
Philosophie de se mocquer de
tout, & de tourner en ridicules
les choses les plus serieuses, &
l'autre établit la sienne sur les
plaintes & sur les pleurs ; peut
estre qu'un troisiéme indifferent
eust esté plus raisonnable, comme moins interessé. Il y a
peu d'Estats dont la Politique ne soit diferentes,
ils vont à mesme fin par divers chemins. La Religion
mesme toute Sainte qu'elle
est, n'a jamais pû estre uni-

verfellement une dans toutes
les parties du monde. La diverfité de nos jugemens eft l'origine de toutes les chofes, & l'i-
gnorance qui nous eft naturelle
eft la fource de la diverfité de
nos jugemens. La verité eft
quelque chofe de fi grand & de
fi augufte, qu'elle trouve les
hommes indignes de fa veuë;
elle fe cache fous tant de formes, qu'à peine y a-t'il un Sage en tout un fiecle, à qui elle
fe laiffe voir; il n'y a que la foy
feule à qui elle fe communique fans erreur, parce qu'elle
eft la production de la verité
eternelle. C'eft elle qui nous
donne des leçons infaillibles
pour noftre conduite auffi bien
que pour noftre falut; Sans elle
noftre raifon eft une aveugle
qui nous mene au précipice.

Ses preceptes font toûjours juftes, & fes promeffes ne vont jamais fans effet. Si nous l'écoutons, elle nous dira en deux mots tout l'ordre que nous avons à tenir pour noftre fortune : Cherchez premierement, dit-elle, le Royaume de Dieu, & toutes chofes vous reuffiront heureufement. Ce precepte eft un admirable abregé de la plus fage Morale du monde, & qui merite & noftre creance & noftre confideration ; car en effet qu'eft-ce autre chofe que fuivre la vertu qui nous y mene, & fuir le vice qui nous en éloigne. Si l'on examine cette propofition, elle fera l'épilogue de tout ce difcours.

La vertu eft un mouvement de l'ame qui fe porte au bien

comme à son naturel, & quand
nous le suivons sans nous écar-
ter de sa route, il ne peut jamais nous conduire vers le mal,
ny rencontrer la mauvaise fortune. Je sçay bien que vous m'-
objecterez que les plus gens de
bien ne sont pas les plus heureux. Je réponds à cela que s'ils
possedent réellement la vertu,
vous vous trompez de croire qu'-
ils soient infortunez. La vertu
est le plus grãd de tous les biens,
& consequemment elle n'a pas
besoin des autres choses pour
faire le bonheur de ses Secta-
teurs & de ses Partisans. Que
si Dieu éleve quelquefois les
méchans, c'est pour en rendre
la catastrophe plus terrible,
& la chute plus memorable.
L'on voit rarement un mé-
chant homme mourir dans son

lit en repos, sa mort doit estre
violente, comme sa vie a esté
pleine de trouble & de confu-
sion. La malice peut estre adroite, c'est une poltronne, qui
prend ses avantages, & qui ne
laisse pas de reüssir quelquefois
contre la vertu, mais elle est
perduë si tost qu'elle est découverte ; les yeux d'un homme
d'honneur la tuent côme le Ba-
zilic. Quoy que la vertu soit en
general l'exercice d'un homme
d'honneur, sa poursuite ne luy
deffend pas d'estre plus habile
homme qu'un méchant. La
Prudence est de sa famille ;
c'est elle qui porte le flambeau
pour éclairer les autres vertus,
elle sçait ployer l'esprit du
Prince, en faveur de celuy
qui le sert. La sincerité de ses
actions, la justice de ses con-

feils , & la fidelité de fes
fervices , parlent toûjours à
fon avantage ; & la generofité
qui deffend fon ame des mauvaifes actions , repouffe avec
vigueur les entreprifes de fes
ennemis. Il y a une fi grande
liaifon entre les vertus, qu'elles
ne peuvent eftre feparées.
L'abfence de l'une eft la dé-
ftruction des autres ; parce
qu'elles tendent toutes à mefme but. La probité eft comme
le fein de la mer , celle cy raf-
femble toutes les rivieres du
monde , & celle-la ramaffe toutes les vertus enfemble , pour
en compofer l'homme de bien.
Dieu laiffe agir les caufes fe-
condes auffi-bien que noftre
franc arbitre, il a mis dans
les mains du Sage fon confeil
& fa raifon ; ce feroit inutile-

ment , s'il en détournoit les
succez , & s'il n'accordoit rien
à nostre prudence. Nous sommes Artisans de nostre bien &
de nostre mal. Un aveugle est
plus sujet à faire de grandes
chutes , que celuy qui voit
bien clair. Estudions la Sagesse
autant qu'il nous sera possible
pour regler nostre conduite ; &
si elle ne nous reussit point, adorons les jugemens de Dieu, qui
dispose de nous comme il luy
plaist , & renverse nos desseins
pour des raisons qui nous sont
inconnuës. Recevons-les de sa
main avec respect , comme des
chastimens de nos fautes, sou-
mettons-nous à la justice , &
n'accusons point la fortune des
maux qu'elle n'a pas faits.

*FIN.*